全新点校插图版

博物志

[西晋] 张 华 撰

山川风貌，千古奇书堪称包罗万象
仙俗怪诞，删订十卷充满神思遐想

北方联合出版传媒(集团)股份有限公司
万卷出版公司

ⓒ 张华 2019

图书在版编目（CIP）数据

博物志：全新点校插图版 /（西晋）张华撰. — 沈
阳：万卷出版公司，2019.8
ISBN 978-7-5470-5114-6

Ⅰ．①博… Ⅱ．①张… Ⅲ．①笔记小说—小说集—中
国 – 晋代 Ⅳ．①I242.1

中国版本图书馆CIP数据核字（2018）第298230号

出 品 人：刘一秀
出版发行：北方联合出版传媒（集团）股份有限公司
　　　　　万卷出版公司
　　　　　（地址：沈阳市和平区十一纬路25号　邮编：110003）
印 刷 者：辽宁新华印务有限公司
经 销 者：全国新华书店
幅面尺寸：170mm×230mm
字　　数：200千字
印　　张：13
出版时间：2019年8月第1版
印刷时间：2019年8月第1次印刷
责任编辑：赵新楠
责任校对：高　辉
装帧设计：张　莹
ISBN 978-7-5470-5114-6
定　　价：56.00元
联系电话：024-23284090
传　　真：024-23284448

写在前面的话

　　《博物志》，共十卷，西晋张华撰，是一部地理博物体志怪小说集。张华字茂先，少时孤贫，嗜书博学，"图纬方技之书，莫不详览"，"天下奇秘，世所希有者，悉在华所，由是博物洽闻，世无与比"，这也为他撰写《博物志》奠定基础，而这部《博物志》，也是张华最负盛名的著作。

　　《博物志》一书内容相当博杂，多采晋之前典籍中材料，包括山川地理、飞禽走兽、鱼虫草木、历史人物、神仙方技等。纵览全书，固然诸如"女娲补天""夸父逐日"等许多内容明显受到《山海经》等前代著作影响，但也有继承和创新。

　　由于年代久远及时代原因（张华因拒参与赵王司马伦谋反而被杀，夷三族），使得《博物志》一书阙佚极多、次第紊乱，又因后人抄传有误、满纸鲁鱼，故多断乱不成章节。因此今天看到的《博物志》，已非张华所著的原本，而是经过后人删改的。因此，现存《博物志》版本较多，且段落篇目分合不一。

细数通行版本，除单行本外，尚有康熙年间汪士汉校刻的《秘书二十一种》本、康熙年间蒋国祚重刊的《稗海》本、乾隆年间王谟坊刻的《汉魏业书》本、乾隆年间纪昀主编的《四库全书》本、嘉庆年间黄丕烈勘校的《士礼居丛书》刊本、道光年间钱熙祚校刻的《指海》本等十余个版本。为统一体例，本书选用《秘书二十一种》本为工作底本，同时参考以上多个版本进行比对，结合《史记》《汉书》《隋书》等史学著作进行校注，尽力修正。疏漏谬误之处，敬请读者学人指正。

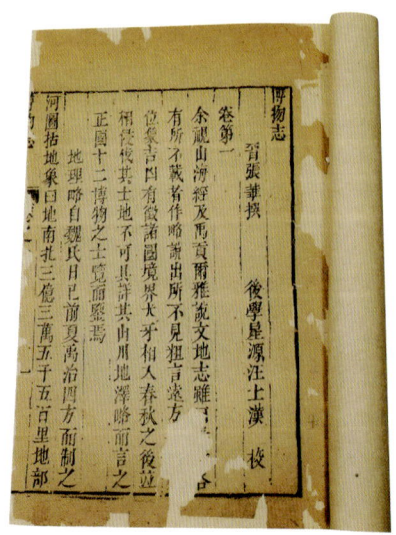

《博物志》（《秘书二十一种》本）

目 录
Contents

卷
一

地理略，自魏氏日已前，夏禹治四方而制之^①

【原文】

余视《山海经》及《禹贡》《尔雅》《说文》、地志^②，虽曰悉备，各有所不载者，作略说。出所不见，粗言远方，陈山川位象，吉凶有征。诸国境界，犬牙相入。春秋之后，并相侵伐。其土地不可具详，其山川地泽，略而言之，正国十二。博物之士，览而鉴焉。^③

【注释】

①此标题大意为：在郑默所编《中经》中的地理略类之前，夏禹在治理四方时就已将天下划分为九州了。

原稿"魏氏日"当作"魏氏目"。魏氏，指三国时期魏国秘书郎郑默，他曾将宫中所藏经籍整理编目，名为《中经》，地理略是《中经》内目录分类之一，故称"魏氏目"。

已：通"以"。

②**地志**：地理类著作。此句中所提的《山海经》《禹贡》《尔雅》《说文》，均为古代介绍地理知识的著作典籍。

③这段文字为《地理略，自魏氏日已前，夏禹治四方而制之》的小序，为解读者疑惑，特注说明。

【原文】

《河图·括地象》曰：地南北三亿三万五千五百里^①。地部^②之位起形高大者有昆仑山，广万里，高万一千里，神物之所生，圣人仙人之所集也。出五色云气，五色流水，其泉南流入中国③，名曰河也。其山中应于天，最居中，八十城④布绕之，中国东南隅，居其一分，是奸城⑤也。

【注释】

①原稿"三亿三万五千五百里"，晋代郭璞注《山海经·海外东经》："《诗·含神雾》曰：天地东西二亿二万一千千里，南北二亿一千五百里，天地相去一亿五万里。"

②**地部：** 现当作"地坻"。《诗·甫田》："如坻如京。"注云："坻，大坂也。"

③**泉：** 原稿疑有误，当作"白水"。《离骚》："朝吾将济于白水兮。"洪兴祖《补注》引《河图》云："其白水入中国，名为河也。"白水，是神话传说中源出昆仑的一条河流，相传饮之则不死。**中国：** 指中原地区。

④**城：** 古时通"域"，这里指州县。

⑤**奸城：** 现当作"好城"，可理解为美好的地方。

【原文】

中国之城，左滨海，右通流沙①，方而言之，万五千里。东至蓬莱，西至陇右②，右跨京北③，前及衡岳，尧舜土万里，时④七千里。亦无常⑤，随德劣优也。

【注释】

①**流沙：** 指我国西北沙漠地区。

②**陇右：** 泛指陇西地区，约当今甘肃六盘水以西、黄河以东一带。

③**右跨京北：** 据《太平御览》当作"后跨荆北"。后，指北面。古代以坐北朝南为尊，故称南面为"前"，北面为"后"。荆北，疑似指荆山以北地区，荆山在今河南灵宝市南。

④**时：** 这里指商汤时期。

⑤**亦无常：** 据《太平御览》，当作"此后亦无常"。常，固定。

【原文】

尧别九州①，舜为十二②。

【注释】

①**尧别九州**：据《尚书·禹贡》，当为"禹别九州"。禹治水后分天下为九州，即冀、兖、青、徐、扬、荆、豫、梁、雍。

②**十二**：十二州。《尚书·舜典》："肇十有二州。"九州既定，舜在禹所置九州基础上分出幽、并、营三州，故称十二州。

【原文】

秦，前有蓝田之镇①，后有胡苑之塞②，左崤函③，右陇蜀④，西通流沙，险阻之国也。

【注释】

①**蓝田之镇**：指蓝田关，秦时名峣关，因临峣山得名。蓝田关是古都咸阳东南的门户，为古代用兵要地。

②**胡苑之塞**：胡人边塞要地。胡苑，胡人牧养禽兽的苑囿，指胡人地域。塞，边界上险要的地方。

③**崤函**：指崤山和函谷关。

④**陇蜀**：指陇西地区和四川。夏、周时期，这里均为古蜀国之地。

【原文】

蜀汉之土与秦同域①，南跨邛笮②，北阻褒斜③，西即隈碍④，隔以剑阁，穷险极峻，独守之国也。

【注释】

①**蜀汉之土与秦同域**：意思是蜀汉与秦国都地处中国的西部。

②**邛笮**：也作"邛筰"。汉时西南少数民族部落邛都、笮都的并称；约在今四川西昌、汉源一带，后泛指西南边远地区或少数民族。

北宋·王希孟《千里江山图》卷

江山千里望
無限元氣淋
漓運以神北
宗院誠鑽二
本三唐法於
韓多猶可驚
當世王和趙
已斡一堂君
不使易不自
思作人者示
時銷鼎作何
人
丙午新正月
陶杜

③**褒斜**：指褒斜道，又称蜀道，是古代由中原入蜀，进入大西南的交通要道。

④**隈碍**：深曲险阻。

【原文】

周在中枢，西阻崤谷，东望荆山，南面少室，北有太岳①，三河②之分，雷风③所起，四险之国也④。

【注释】

①**太岳**：即太岳山，又名霍太山，氏族社会时代，人们曾以为这座霍地而起的大山是华夏第一高峰，故冠以"太"字，位于山西省长治、临汾、晋中三地区交界处。

②**三河**：指河东、河内、河南。《史记·货殖列传》："昔唐人都河东，殷人都河内，周人都河南。夫三河在天下之中，若鼎足，王者所更居也。"

③**雷风**：一作"风雷"，《太平御览》中作"风雨"。这里暗指政治上的急剧变化。

④据《太平御览》，"也"字当删，后宜补"武王克殷，定鼎郏辱以为东都"句。

【原文】

魏，前枕黄河，背漳水①，瞻王屋，望梁山②，有蓝田之宝③，浮池之渊。

【注释】

①**漳水**：在今河北、河南交界一带。

②**梁山**：即吕梁山。

③**蓝田之宝**：即指蓝田玉。

【原文】

赵，东临九州①，西瞻恒岳②，有沃③瀑之流。飞壶、井陉④之险，至于颍阳、涿鹿之野。

【注释】

①九州：疑"九门"之误。《史记·赵世家》："王出九门，为野台，以望齐、中山之境。"

②恒岳：即北岳恒山。

③沃：灌、淹。这里可引申为倾泻。

④飞壶：《汉书·郦食其传》作"飞狐"，要隘名，在今河北省涞源县北、蔚县南。两侧山崖峭立，中间一线微通，迤逦蜿蜒，百有余里，为古代河北平原与北方边郡间的交通咽喉。井陉：即井陉关、井陉口，要隘名，又称土门关，古九塞之一，故址在今河北省井陉县北井陉山上。

【原文】

燕，却背沙漠，进临易水，西至君都①，东至于辽②，长蛇带塞③，险陆相乘④也。

【注释】

①君都：据《史记·苏秦列传》"燕东有朝鲜、辽东，北有林胡、楼烦，西有云中、九原，南有呼沱、易水，地方二千余里"可推测，燕西无"君都"。另据《汉书·地理志》载，燕国上谷郡领县有军都，其地在今北京市昌平区土城附近，故或为"军都"。都，燕国的地方行政设置，相当于县一级行政单位。

②辽：辽东郡，治所在襄平（今辽阳市），辖境相当于今辽宁大凌河以东地区，长城以南地区。

③长蛇带塞：指燕国在边境修筑的长城。

④乘：重叠，这里有叠加之意。

【原文】

齐，南有长城、巨防①、阳关之险。北有河、济②，足以为固。越海而东，通于九夷③。西界岱岳、配林之险，阪固之国④也。

【注释】

①巨防：战国时齐地防门。《韩非子·初见秦》："齐之清济、浊河，足以为限；长城、巨防，足以为塞。"

②河、济：黄河与济水的并称。古时与长江、淮河合称四渎。

③九夷：先秦时对居于今山东东部、淮河中下游江苏、安徽一带部族的泛称，古时谓东夷有九种，亦指其所居之地。《后汉书·东夷列传》："夷有九种，曰畎夷、于夷、方夷、黄夷、白夷、赤夷、玄夷、风夷、阳夷。故孔子欲居九夷也。"九并非具体数目，只表示众多之义。

④配林之险，阪固之国：另有版本写作"配林之峻，坂险之国"。配林，山名，位于泰山西南，为诸侯祭祀之山。

【原文】

鲁，前有淮水，后有岱岳、蒙、羽①之向，洙、泗②之流。大野广土，曲阜尼丘③。

【注释】

①蒙、羽：蒙山和羽山。蒙山古称"东蒙""东山"，地处山东省临沂市西北、沂蒙山区腹地，主峰龟蒙顶海拔1156米，为山东第二高峰，素称"亚岱"。在历史上属于东夷文明，是祭山文化的发祥地，一直为文人骚客、帝王将相所瞩目。羽山，位于江苏省连云港市东海县与山东省临沂市临沭县交界。

②洙、泗：即洙水和泗水。古时二水自今山东省泗水县北合流而下，至曲阜北，又分为二水，洙水在北，泗水在南。春秋时属鲁国地。

孔子在洙、泗之间聚徒讲学。后因以"洙泗"代称孔子及儒家。

③尼丘：指孔子。孔子名丘，字仲尼。

【原文】

宋，北有泗水，南迄睢涣①，有孟诸②之泽，砀山③之塞也。

【注释】

①睢涣：睢水和涣水。睢水又名濉河，中国古代著名河流。《水经注》："睢水又东径睢阳县故城南。周成王封微子启于宋以嗣殷后，为宋都也。"涣水，一作涡水，即今涡河，淮河第二大支流。《说文》："涡水受淮阳扶沟浪汤渠，东入淮。"

②孟诸：亦作"孟猪""孟潴"。古大泽名，位于宋国，在今河南商丘东北、虞城西北。《左传·僖公二十八年》："余赐女孟诸之麋。"杜预注："孟诸，宋泽薮。"

③砀山：位于安徽省最北端，地处皖、苏、鲁、豫四省七县交界处。

【原文】

楚，后背方城①，前及衡岳，左则彭蠡②，右则九疑③，有江汉之流，实险阻之国也。

【注释】

①方城：是楚国在濒临汉水的楚北边塞崇山峻岭上修筑的众多以方形城寨为主，具有城池防御功能的军事设施。

②彭蠡：即彭蠡湖，一说为鄱阳湖古称。

③九疑：指"九嶷山"，又名苍梧山，位于湖南省南部永州市宁远县境内。

【原文】

南越之国，与楚为邻。五岭^①已前至于南海，负海之邦，交趾^②之土，谓之南裔。

【注释】

①**五岭**：指在湖南、江西南部和广西、广东北部交界处的越城岭、都庞岭、萌渚岭、骑田岭、大庾岭。

②**交趾**：中国古代地名，先秦时期为百越支下骆越的分部，秦朝以后，设"交趾郡"，为今越南北部。

【原文】

吴，左洞庭，右彭蠡，后滨长江，南至豫章^①，水戒^②险阻之国也。

【注释】

①**豫章**：古代区划名称。最初为汉高帝初年（约前202）江西建制后的第一个名称，即豫章郡（治南昌县），现指南昌地区，是为南昌的别称、古称。

②**戒**：当作"界"。

【原文】

东越通海，处南北尾闾^①之间。三江^②流入南海，通东治^③，嵩^④海深，险绝之国也。

【注释】

①**尾闾**：古代传说中海水所归之处（语见《庄子·秋水》），现多用来指江河的下游。

②**三江**：《史记索隐》按："地理志有南江、中江、北江，是为三

江。其南江从会稽吴县南，东入海。中江从丹阳芜湖县西南，东至会稽阳羡县入海。北江从会稽毗陵县北，东入海。"

③**东冶**：疑为"东冶"，即今福建省福州市，汉时为闽越（即东越）都城。

④**嵩**：当为"山高"之误。

【原文】

　　卫，南跨于河，北得洪水①，南过汉②上，左通鲁泽③，右指黎山。

【注释】

①**洪水**：现当作"淇水"。淇水在今河南省北部，古为黄河支流。《诗经·卫风·竹竿》："泉源在左，淇水在右。"

②**汉**：疑有误，当作"濮"。卫国有濮水流经，并无汉水。《左传·隐公四年》："九月，卫人杀州吁于濮。"

③**鲁泽**：疑有误，当作"阿泽"。《左传·襄公十四年》："孙氏追之，败公徒于阿泽。"

【原文】

　　赞①曰：地理广大，四海八方，遐远别域，略以难详。侯王设险，守固保疆②，远遮川塞，近备城堭③。司察奸非，禁御不良，勿恃危阨，恣其淫荒。无德则败，有德则昌，安屋犹惧，乃可不亡。进用忠直④，社稷永康，教民以孝，舜化以彰。

【注释】

①**赞**：类似"评论"，通常置于篇末，是作者总结评述的话。

②**守固保疆：**《士礼居丛书》刊本作"守国保疆"。

③**城堭：**当作"城隍"，本指护城河。《说文解字》："隍，城池也。有水曰池，无水曰隍。"

④**直：**《稗海》本作"良"。

地

【原文】

天地初不足①，故女娲氏练五色石以补其阙②，断鳌足以立四极。其后共工氏与颛顼争帝，而怒触不周之山，折天柱③，绝地维④。故天后倾西北⑤，日月星辰就焉；地不满东南，故百川水注焉。

【注释】

①**天地初不足：**指天地有所缺陷。《淮南子·览冥训》："往古之时，四极废，九州裂，天不兼覆，地不周载。"

②**练：**通"炼"。**阙：**通"缺"，豁口，空隙。

③**天柱：**古代中国神话中的支天之柱，指昆仑山。《神异经·中荒经》："昆仑山有铜柱焉，其高入天，所谓天柱也，围三千里周圆如削。"

④**地维：**维系大地的绳子。古人以为天圆地方，天有九柱支持，地有四维系缀，故也指地的四角。

⑤原稿"天后倾西北"疑当作"天倾西北"。《列子·汤问》："故天倾西北，日月星辰就焉；地不满东南，故百川水潦归焉。"

【原文】

昆仑山北①，地转下三千六百里，有八玄幽都②方

唐·佚名《伏羲女娲图》

二十万里。地下有四柱，四柱广十万里。地有三千六百轴，犬牙相举③。

【注释】

①**昆仑山北**：据《太平御览》《初学记》等著，当在"北"前补一"东"字。

②**幽都**：这里指阴间的幽冥世界。《楚辞章句》："幽都，地下后土所治也。地下幽冥，故称幽都。"

③**犬牙相举**：疑为"犬牙相制"。《史记·孝文纪》："高祖封王子弟地，犬牙相制。"另《士礼居丛书》刊本作"犬牙相牵"。

【原文】

泰山一曰天孙，言为天帝孙也。主召人魂魄。东方万物始成①，知②人生命之长短。

【注释】

①**东方万物始成**：古代以五方与四季相配，与东方对应的是春季，乃万物生长的季节。《白虎通·五行》："东方者，动方也，万物始动生也。"

②**知**：据《太平御览》等著，当为"故主"。

【原文】

《考灵耀》①曰：地有四游，冬至地上北而西三万里，夏至地下南而东三万里，春秋二分其中矣。地常动不止，譬如人在舟而坐，舟行而人不觉②。七戎六蛮，九夷八狄③，形④总而言之，谓之四海。言皆近海，海之言晦昏⑤无所睹也。

【注释】

①《考灵耀》：一作《考灵曜》，汉代《尚书纬》五种之一，是由汉代无名氏创作的谶纬类典籍。

②"地有"七句：《文选·张茂先励志诗》注引《尚书纬·考灵耀》为："地有四游，冬至地上行北而西三万里，夏至地下行南而东三万里，春秋二分是其中矣。地恒动而人不知，譬如人在大舟中闭牖而坐，舟行不觉也。"另据《初堂记》卷引，当补"天地四方皆海水相通，地在其中盖无几也"句。

③七戎六蛮，九夷八狄：指四海。《尔雅·释地》："九夷、八狄、七戎、六蛮谓之四海。"七戎、六蛮、九夷、八狄分别为古代对西方、南方、东方、北方少数民族的泛称。

④参考其他版本，原稿"形"字后当补"类不同"三字。

⑤晦昏：据《太平御览》《礼记正义》等著，当作"晦冥"。

【原文】

地以名山为之辅佐，石为之骨，川为之脉，草木为之毛，土为之肉。三尺以上为粪①，三尺以下为地。

【注释】

①粪：《太平经》："凡凿地动土。入地不过三尺为法。一尺者，阳所照，气属天；二尺者，物所生，气属中和；三尺者，属及地身，气为阴。过此而下者，伤地形，皆为凶也。"据此，当疑为"气"字之误。

山

【原文】

五岳：华、岱、恒、衡、嵩。

西汉道教符箓《五岳真形图》（仿制品）

【原文】

按北①太行山而北去，不知山所限极处。亦如东海不知所穷尽也。

【注释】

①据《太平御览》，无"北"字，当删。

【原文】

石者，金之根甲①。石流精以生水，水生木，木含②火。

【注释】

①根甲：本源。

②含：与前句"生"相近，有"相生"之意。

水

【原文】

汉北①广远，中国人尟②有至北海者。汉使骠骑将军霍去病北伐单于，至瀚海③而还，有北海明矣。

【注释】

①汉北：当作"漠北"，指中国北方沙漠、戈壁以北的广大地区。《史记·匈奴列传》："今单于即前与汉战，天子自将兵待边；单于即不能，即南面而臣于汉。何徒远走，亡匿于漠北寒苦无水草之地为，毋为也。"

②尟：同"鲜"，少。

③瀚海：当作"翰海"，北方的海名，据方位判断，疑即今天的

呼伦湖与贝尔湖。后经今人考证，"翰海"或指今天蒙古国中部的杭爱山。

【原文】

汉使张骞渡西海，至大秦①。西海之滨，有小昆仑，高万仞，方八百里。东海广漫，未闻有渡者。

【注释】

① "汉使"二句：据洪兴祖《离骚补注》所引，当在这两句后补"大秦之西乌迟国，乌迟国之西，复言有海"。大秦，古代中国史书中对罗马帝国及近东地区的称呼。

【原文】

南海短狄①，未及西南夷②以穷断。今渡南海至交趾者，不绝也。

【注释】

①短狄：或为少数民族名。

②西南夷：汉代对分布于今云南、贵州、四川西南部和甘肃南部广大地区少数民族的总称。

【原文】

《史记·封禅书》云：威宣、燕昭遣人乘舟入海，有蓬莱、方丈、瀛州三神山，神人所集。欲采仙药，盖言先有至之者。其鸟兽皆白，金银为宫阙，悉在渤海中，去人不远。

明·文伯仁《方壶图》

【原文】

四渎河出昆仑墟①，江出岷山，济出王屋，淮出桐柏②。八流亦出名山：渭出鸟鼠③，汉出嶓冢④，洛出熊耳⑤，泾出少室⑥，汝出燕泉⑦，泗出涪尾⑧，沔出月台⑨，沃出太山⑩。水有五色，有浊有清⑪。汝南有黄冰⑫，华山有黑水、泞⑬水。渊或生明珠而岸不枯⑭，山泽通气，以兴雷云，气触石，肤寸而合⑮，不崇朝⑯以雨。

【注释】

①昆仑墟：昆仑山。墟，大土山。

②桐柏：桐柏山，位于中国河南省南部、湖北省北部地区。

③鸟鼠：古山名。《尚书·禹贡》："终南、惇物，至于鸟鼠。"

④嶓冢：山名。又名汉王山，位于陕西省汉中市宁强县境内。《水经注》："汉中记曰，嶓冢以东水皆东流，嶓冢以西水皆西流，故以嶓冢为分水岭。"

⑤熊耳：山名，在河南省宜阳县，为秦岭东段支脉。《尚书·禹贡》："导洛自熊耳。"

⑥泾出少室：据《水经·颍水注》《艺文类聚》《山海经·海内东经》等著，当作"颍出少室"。

⑦燕泉：山名。

⑧涪尾：据《水经·泗水注》《艺文类聚》《尚书·禹贡》等著，当作"陪尾"。陪尾，古山名。

⑨沔出月台：据《水经·沔水注》《左传》等著，当作"淄出胡台"。"月"当为"胡"的缺体。胡台，山名。

⑩太山：即泰山。

⑪据《太平御览》，当在"有浊有清"句后补"河淮浊，江济清。南阳有清冷之水、丹水、泉水"句。

⑫黄冰：据其他版本当作"黄水"。《太平御览》卷五十九引作：

"汝南有黄水，华山南有黑水，天下之水皆类五色，今载其名也。"

⑬泞：烂泥。

⑭岸：当作"崖"。**不枯**：这里指有色彩。

⑮**肤寸而合**：这里指云气一点点聚合。肤寸，古代长度单位，古时以一指宽为一寸，四指为肤。

⑯**崇朝**：从天亮到早饭之间，比喻时间短促。崇，终尽。

【原文】

江河水赤，名①曰泣血。道路涉骸②，于河以处也。

【注释】

①**名**：《后汉书·五行志》引作"占"。占，占卜之意。

②**骸**：《后汉书·五行志》："安帝永兴六年，河东池水变色，皆赤如血。"注引曰："江河水赤，占曰泣血，道路涉苏，于何以处。"据此当作"苏"。苏，草。下句"河"，当为"何"字之误。

山水总论

【原文】

五岳视①三公，四渎视诸侯，诸侯赏②封内名山者，通灵助化，位相亚也。故地动臣叛，名山崩，王道讫，川竭神去，国随已亡。海投九仞之鱼，流水涸，国之大诫也。泽浮舟，川水溢，臣盛君衰，百川沸腾，山冢卒崩，高岸为谷，深谷为陵，小人握命③，君子陵迟④，白黑不别，大乱之征也。

【注释】

①**视**：比照。

明·戴进《长江万里图》卷

長江萬里

朱之蕃題

②赏：疑为"飨"字之误。同句"名山"后宜补"大川"。

③握命：犹得志。

④陵迟：折磨、磨难。

【原文】

《援神契》①曰：五岳之神圣，四渎之精仁②，河者水之伯，上应天汉③。太山，天帝孙也，主召人魂。东方万物始成，故知④人生命之长短。

【注释】

①《援神契》：汉无名氏撰。纬书，有辑本，卷数各异。清赵在翰《七纬·孝经纬叙目》："孝道神明，天人契合，援引众义，山藏海纳。以为孝道之至，行乎阴阳，通乎神明，天人合契，援引众义，阐发微旨，故名《援神契》。"此书原刊本以书禁而亡佚，现仅存后人辑佚本。

②五岳之神圣，四渎之精仁：《文选·蔡伯喈陈太邱碑文》注引《援神契》作"五岳之精雄圣，四渎之精仁明"。

③天汉：银河。

④故知：当作"故主"。

五方人民

【原文】

东方少阳①，日月所出，山谷清②，其人佼③好。

【注释】

①少阳：东方。

②清：据《太平御览》卷三百六十三卷引，当在"清"字后补一"朗"字。

③佼：美好。

【原文】

西方少阴^①，日月所入，其土窈冥^②，其人高鼻、深目、多毛^③。

【注释】

①少阴：指西方。

②窈冥：幽暗，昏暗。

③多毛：《五行大义》卷五引《春秋文耀钩》作"面多毛"。

【原文】

南方太阳^①，土下水浅^②，其人大口多傲^③。

【注释】

①太阳：指南方。

②浅：《太平御览》卷三百六十三引作"沃"。

③大口多傲：《淮南子·墬形训》作"大口决眦"。决眦，睁大眼睛远望，这里可理解为大眼睛。

【原文】

北方太阴^①，土平广深，其人广面缩颈。

【注释】

①太阴：指北方。

【原文】

中央四析^①，风雨交，山谷峻，其人端正。

【注释】

①四析：当作"四战"。《后汉书·荀彧传》："彧谓父老曰：'颍川四战之地也。'"章怀太子李贤注："四面通也。"

【原文】

南越①巢居，北朔②穴居，避寒暑也。

【注释】

①南越：这里代指南方。先秦时期古籍对长江以南沿海一带的部落，常统称为"越"。

②北朔：北方，北方之地。

【原文】

东南之人食水产，西北之人食陆畜。食水产者，龟蛤螺蚌以为珍味，不觉其腥臊也。食陆畜者，狸兔鼠雀以为珍味，不觉其膻也。

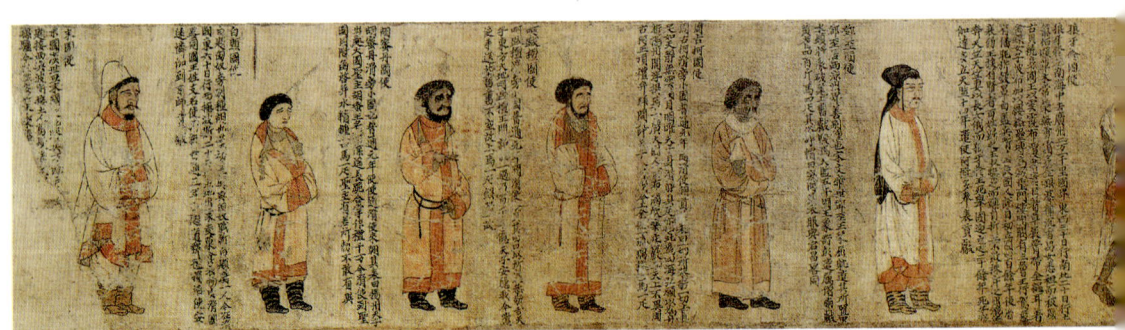

南朝梁·萧绎（宋人摹）《职贡图》（局部）

【原文】

有山者采，有水者渔。山气多男，泽气多女。平衍①气仁，高凌气犯②，丛林气躄③，故择其所居。居在高中之平，下中之高，则产好人。

【注释】

①平衍：指平坦广宽。

②高凌气犯：据多个版本，当作"高陵"，与"平衍"相对。

③躄：两腿瘸。

【原文】

居无近绝溪，群冢狐虫之所近，此则死气阴匿之处也。

【原文】

山居之民多瘿肿①疾，由于饮泉之不流者。今荆南诸山郡东多此疾。瘅②，由践土之无卤者，今江外诸山县偏多此病也。

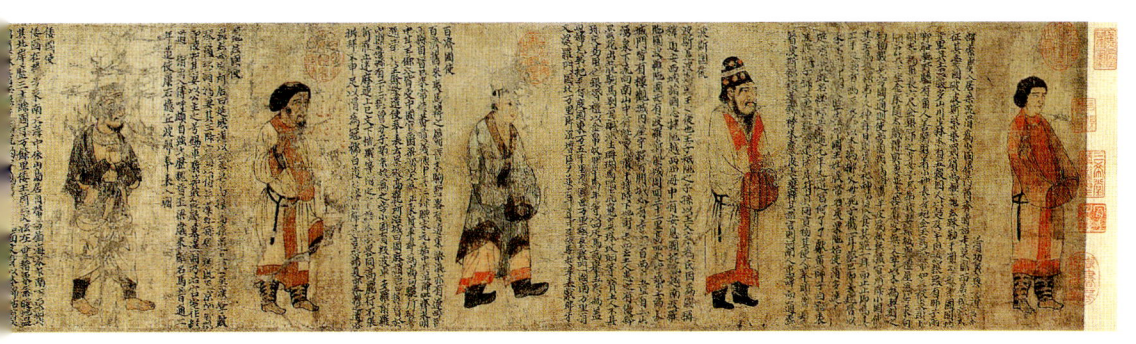

【注释】

①瘿肿：病名，表现为颈部生瘤。

②瘇：指脚肿。

物 产

【原文】

地性含水土山泉者，引地气^①也。山有沙者生金，有谷者生玉。名山生神芝，不死之草。上芝为车马，中芝为人形，下芝为六畜。土山多云，铁山多石。五土所宜，黄白宜种禾，黑坟^②宜麦黍，苍赤^③宜菽芋，下泉宜稻，得其宜，则利百倍。

【注释】

①地气：地中之气。

②坟：高地。

③苍赤：青色和红色的土壤。

【原文】

和气^①相感则生朱草^②，山出象车^③，泽出神马，陵出黑丹^④，阜出土怪。江南大贝^⑤，海出明珠，仁主寿昌，民延寿命，天下太平。

【注释】

①和气：古人认为天地间阴气与阳气交合而成之气。万物由此"和气"而生。

②**朱草**：又称"朱英""赤草""頹茎"，传说中的一种红色瑞草，王者有盛德则此草生，古以为祥瑞之物。

③**象车**：古人谓太平盛世，山林中产生一种圆曲之木，可以制车，以为瑞应之物。

④**黑丹**：黑色丹砂，古时认为是祥瑞之一。

⑤**江南大贝**：据文意，当作"江出大贝"。

【原文】

名山大川，孔穴相内①，和气所出，则生石脂、玉膏②，食之不死，神龙灵龟行于穴中矣。

【注释】

①**孔穴相内**：据《北堂书钞》及《天问补注》所引，当作"孔穴相通"。

②**石脂**：石类。性黏，古用涂丹釜，可入药。**玉膏**：古代传说中的仙药。

【原文】

神宫在高石沼①中，有神人，多麒麟，其芝神草有英泉，饮之，服②三百岁乃觉，不死。去琅琊四万五千里。三珠树③生赤水之上。

【注释】

①**高石沼**：疑为神话中的地名。

②**服**：疑有误，当作"眠"。《太平御览》卷七十引《括地图》曰："神宫有美泉，饮之，眠三百岁乃觉，不死。"

③**三珠树**：或作"三株树"。《山海经·海外南经》："三株树在厌火北，生赤水上，其为树如柏，叶皆为珠。"

【原文】

员丘山①上有不死树，食之乃寿。有赤泉，饮之不老。

多大蛇，为人害，不得居也。

【注释】

①**员丘山**：相传为古代仙人居住之地。

卷

二

外　国

【原文】

夷海内西北有轩辕国①，在穷山之际，其不寿者八百岁。渚沃之野②，鸾自舞，民食凤卵，饮甘露。

【注释】

①轩辕国：传说中的国名。《山海经·海外西经》："轩辕之国在穷山之际，其不寿者八百岁。"

②渚沃之野：当作"诸夭之野"。《山海经·海外西经》："诸夭之野，鸾鸟自歌，凤鸟自舞。凤凰卵，民食之；甘露，民饮之，所欲自从也。"下句"鸾自舞"，据此当作"鸾鸟自歌，凤鸟自舞"。

【原文】

白民国，有乘黄，状如狐，背上有角，乘之寿三千岁①。

【注释】

①三千岁：《山海经·海内西经》中作"二千岁"。

【原文】

君子国，人衣冠带剑，使两虎①，民衣野丝，好礼让，不争。土千里②，多薰华之草③，民多疾风气，故人不番息④，好让，故为君子国。

【注释】

①使两虎：《山海经·海外东经》作"使二文虎"。文虎，长着花

斑的老虎。

②土千里：据《山海经》《玄中记》等著，当在"土"字后补一"方"字。

③熏华之草：《山海经·海外东经》作"薰华草"。

④番息：通"蕃息"，繁衍。

【原文】

　　三苗国，昔唐尧以天下让于虞①，三苗之民②非之。帝杀③，有苗之民叛，浮入南海为三苗国。

【注释】

①虞：据史料，当为"虞舜"。

②三苗之民：《山海经·海外南经》郭璞注作"三苗之君"。

③帝杀：《山海经·海外南经》郭璞注作"帝杀之"。下句中"苗之民"，据文意当为"苗之君"，即舜所杀者有苗之君。

【原文】

　　驩兜①国，其民尽似仙人。帝尧司徒。驩兜民。常捕海岛中②，人面鸟口③，去南国万六千里，尽似仙人也④。

【注释】

①驩兜：又称欢兜或驩头，中国古代传说中的三苗族首领，传说因为与共工、鲧一起作乱，而被舜流放至崇山。

②捕海岛中：据史料，当作"捕鱼海岛中"。

③鸟口：《山海经》作"鸟喙"。

④尽似仙人也：《山海经》郭璞注："画似仙人也。"因《山海经》原有图，为《山海图经》，魏晋以后失传，故称。

汉代画像砖《尧舜禅让》

【原文】

大人国，其人孕三十六年，生白头，其儿则长大^①，能乘云而不能走，盖龙类。去会稽四万六千里。

【注释】

①"生白头"二句：据《太平御览》等著，当作"而生儿，生儿白首长丈"。

【原文】

厌光国^①民，光出口中，形尽似猿猴^②，黑色。

【注释】

①厌光国：《山海经·海外南经》作"厌火国"。下句中"光"也当作"火"。

②尽似猿猴：据《山海经·海外南经》郭璞注"言能吐火，画似猕猴而黑色也"。

【原文】

结胸国，有灭蒙鸟。奇肱民善为拭扛^①，以杀百禽，能为飞车，从风远行。汤时西风至，吹其车至豫州。汤破其车，不以视^②民，十年东风至，乃复作车遣返，而其国去玉门关四万里。

【注释】

①拭扛：《太平御览》作"机巧"，指各种机巧的物事。郭璞《山海经图赞》"奇肱国赞"云："妙哉工巧，奇肱之人！因风构思，制为车轮。"

清·余省、张为邦《鸾》

②视："示"的古字。《诗经·小雅·鹿鸣》："视民不恌。"笺云："视，古示字。"

【原文】

羽民国，民有翼，飞不远，多鸾鸟，民食其卵。去九疑四万三千里。

【原文】

穿胸国，昔禹平天下，会诸侯会稽之野，防风氏①后到，杀之。夏德之盛②，二龙降之③。禹使范成光御之，行域外。既周而还至南海，经房④风，房风之神⑤二臣以涂山之戮，见禹使⑥，怒而射之，迅风雷雨，二龙升去。二臣恐，以刃自贯其心而死。禹哀之，乃拔其刃疗以不死之草，是为穿胸民。

【注释】

①防风氏：部落首领名。

②夏德之盛：《文选·陆佐公石阙铭》注引、《艺文类聚》卷引均无"之"字。

③之：《稗海》本作"庭"。

④房：古通"防"。《文选·月赋》："徘徊房露。"注："房，防古通。"

⑤之神：《广汉魏丛书》本作"氏之"。

⑥使：《士礼居丛书》刊本作"便"。

【原文】

交趾①民在穿胸东。

【注释】

①**交趾**：当作"交胫"。交胫，小腿相交。《山海经·海外南经》："交胫国在其东，其为人交胫。"

【原文】

孟舒国民，人首鸟身。其先主为雪①氏，训百禽。夏后之世，始食卵。孟舒去之，凤皇随焉。

【注释】

①**雪**：当为"虞"字之误。《事类赋》卷十八引《括地图》曰："孟亏人首鸟身，其先主为虞氏，训百禽。"

异　人

【原文】

《河图玉板》①云：龙伯国②人长三十丈，生万八千岁而死。大秦国人长十丈，中秦国人长一丈，临洮人长三丈五尺。

【注释】

①**《河图玉板》**：汉代谶纬之书《河图》中的一种。玉板，原本是古人用来记录重要内容的工具，后来指重要典籍。

②**龙伯国**：古代传说中的大人国。古代有龙伯巨人钓鳌鱼的传说。

【原文】

禹致宰臣①于会稽，防风氏后至，戮而杀之，其骨专车。长狄乔如②，身横九亩，长五丈四尺，或长十丈。

【注释】

①**禹致宰臣**：《稗海》本作"禹致群臣"。

②**长狄**：亦作"长翟"，又名鄋瞒，我国古代少数民族之一，据孔子说是虞夏时防风氏、商代汪芒氏的后裔。因其人身材高大，号为长狄。分布于齐、鲁、宋、卫之间，一说流动于西起山西平阳、潞安，东至山东边境一带。今河南省封丘县南，可能因长狄得名。《左传》载，有兄弟五人，为侨如，焚如，荣如，简如，缘如。**乔如**：或作"侨如"。

【原文】

秦始皇二十六年，有大人十二见①于临洮，长五丈，足迹六尺。东海之外，大荒之中，有大人国僬侥氏②，长三丈。《时含神雾》③曰：东北极人长九丈④。

【注释】

①**见**：通"现"。

②**有大人国僬侥氏**：该句疑有误，《荀子·富国篇》杨倞注并云："僬侥氏长三尺，短之至也。"据此推断，僬侥应为小人国名，且下句"长三丈"当作"长三尺"。

③**《时含神雾》**：当作"《诗含神雾》"。《诗含神雾》，与《诗经》相配的纬书之一，其诗论对汉魏六朝时期的文论具有一定影响（诸如《文心雕龙》对诗的定义等）。

④**九丈**：《士礼居丛书》刊本作"九寸"。

【原文】

东方有螳螂、沃焦①。防风氏长三丈。短人处九寸②。远夷之名雕题、黑齿、穿胸、檐耳、大竺③、岐首。

【注释】

①沃焦：古代传说中的异人。

②短人处九寸：疑当作"靖人长九寸"。《山海经·大荒东经》："有小人国，名靖人。"

③檐耳、大竺：《四库全书》子部《博物志》作"儋耳、大足"。《山海经·大荒北经》："有儋耳之国。"注云："其人耳大下儋，垂在肩上。""大竺"当为"大足"之误。

【原文】

子利国，人一手二足，拳反曲①。

【注释】

①子利国，人一手二足，拳反曲：当作"柔利国，人一手一足，反卷曲"。《山海经·海外北经》："柔利国在一目东，为人一手一足，反膝，曲足居上。"郭璞注："一脚一手，反卷曲也。"

【原文】

无启①民，居穴食土，无男女。死埋之，其心不朽，百年还化为人。细民②，其肝不朽，百年而化为人。皆穴居处③，二国④同类也。

【注释】

①无启：无嗣。《山海经·海外北经》："无启之国在长股东，为人无启。"

②**细民**：《四库全书》本作"细民国"。

③**穴居处**：《太平御览》卷三百七十六作"穴处皮衣"。

④**二国**：《酉阳杂俎》："无启民居穴食土，其人死，其心不朽，埋之百年，化为人；录民膝不朽，埋之百二十年，化为人；细民肝不朽，埋之八年，化为人。"故推测原文有缺失，"二"当作"三"。

【原文】

蒙双民，昔高阳氏^①有同产^②而为夫妇，帝放之此野，相抱而死，神鸟以不死草覆之，七年男女皆活，同颈二头、四手，是蒙双民。

【注释】

①**高阳氏**：颛顼。

②**同产**：一母所生。

【原文】

有一国亦在海中，纯女无男。又说得一布衣，从海浮出^①，其身如中国人衣^②，两袖长二丈^③。又得一破船，随波出在海岸边，有一人项中复有面，生得，与语不相通，不食而死。其地皆在沃沮^④东大海中。

【注释】

①**从海浮出**：据《魏书·乌丸鲜卑东夷传》《异苑》等著，当在"海"后补一"中"字。

②**其身如中国人衣**：《后汉书·东夷传》："其形如中人衣。"

③**长二丈**：《异苑》卷一作"长三丈"。

④**沃沮**：公元前2世纪至公元5世纪朝鲜半岛北部的部落。

【原文】

南海外有鲛人，水居如鱼，不废织绩，其眠①能泣珠。

【注释】

①眠：疑有误，当作"眼"。

【原文】

呕丝①之野，有女子方②跪，据树而呕丝，北海外也。

【注释】

①呕丝：吐丝，产丝。

②方：《四库全书》本作"端"。

【原文】

江陵有猛人①，能化为虎，俗又曰虎化为人，好着紫葛人，足无踵。

【注释】

①江陵有猛人：《太平御览》卷八百八十八作"江汉有貙人"。《文选·左思吴都赋》注曰："貙，虎属也，或曰能化为人。"

【原文】

日南①有野女，群行见丈夫②，状皛目③，裸袒无衣裈。

【注释】

①日南：汉郡，汉武帝时设立，在今越南中部，东汉末以后，为林邑国所有。

②"群行"句：当作"群行觅夫"。

③**晶目**：据《后汉书·郡国志》《太平御览》等著，当作"晶且白"。晶，白。

异　俗

【原文】

　　越之东有骇沐之国①，其长子生则解而食之，谓之宜弟。父死则其母而弃之，言鬼妻不可与同居。

【注释】

　　①**骇沐之国**：《列子·汤问》："越之东有辄沐之国。"

【原文】

　　楚之南有炎人之国①，其亲戚死，朽②之③肉而弃之，然后埋其骨，乃为孝也。

【注释】

　　①**炎人之国**：《四库全书》本作"啖人之国"。
　　②**朽**：当作"歹不"。《说文》："歹不，腐也。"
　　③**之**：《稗海》本作"其"。

【原文】

　　秦之西有义渠国，其亲戚死，聚柴积而焚之勋之，即烟上谓之登遐，然后为孝①。此上以为政，下以为俗，中国未足为非也。此事见《墨子》。

【注释】

① **"秦之西"五句：**《列子·汤问》："秦之西有仪渠之国者，其亲戚死，聚柴积而焚之。熏则烟上，谓之登遐，然后成为孝子。"

【原文】

荆州极西南界至蜀，诸民曰獠子①，妇人妊娠七月而产。临水生儿，便置水中。浮则取养之，沉便弃之，然千百多浮。既长，皆拔去上齿牙各一，以为身饰。

【注释】

①獠子：旧时称南方少数民族的人。

【原文】

毌丘俭①遣王领追高句丽王宫，尽沃沮东界，问其耆老，言国人常乘船捕鱼，遭风吹，数十日，东得一岛，上有人，言语不相晓。其俗常以七夕取童女沉海②。

【注释】

①毌丘俭：三国时魏国人。毌丘，复姓。

② **"问其"八句：**《魏书·乌丸鲜卑东夷传》："问其耆老：'海东复有人不？'耆老言国人常乘船捕鱼，遭风见吹数十日，东得一岛，上有人，言语不相晓，其俗常以七月取童女沉海。"耆老，老人。

【原文】

交州①夷名曰俚子，俚子弓长数尺，箭长尺余，以燋铜②为镝，涂毒药于镝锋，中人即死，不时敛藏，即膨胀沸烂，须臾燋煎③都尽，唯骨耳。其俗誓不以此药治④语人。治之，饮妇人月水及粪汁，时有差⑤者。唯射猪犬者，无他⑥，以其食粪故也。燋铜者，故烧器⑦。其长老唯别燋铜声，以物杵之，徐听其声，得燋毒⑧者，偏⑨凿取以为箭镝。

【注释】

①交州：古地名。东汉时期，交州包括今越南北部和中部、中国广西和广东。

②燋铜：含燋毒的铜。

③燋煎：《稗海》本作"肌肉"。

④治：《稗海》本、《士礼居丛书》刊本皆作"法"。

⑤差（chài）：病好了。

⑥唯射猪犬者，无他：《四库全书》本作"唯射猪犬，则无恙"。

⑦烧器：指锅釜之类烧煮东西的器具。

⑧燋毒：旧铜烧器中的一种毒质。

⑨偏：《稗海》本作"便"。

【原文】

景初①中，苍梧②吏到京，云："广州西南接交州数郡，桂林、晋兴、宁浦间人有病将死，便有飞虫大如小麦，或云有甲，在舍上。人气绝③，来食亡者。虽复扑杀有斗斛④，而来者如风雨，前后相寻续⑤，不可断截，肌肉都尽，唯余骨在，更⑥去尽。贫家无相缠者，或殡殓不时，皆受此弊。有物力者，则以衣服布帛五六重裹亡者。此虫恶梓木气，即以板椁⑦防左右，并以作器，此虫便不敢近也。入交界更无，转近郡亦有⑧，但微少耳。"

【注释】

①景初（237—239）是三国时期曹魏的君主魏明帝曹叡的第三个年号，历时3年，也是曹魏政权的第四个年号。

②苍梧：西汉所置郡，治所在今广西梧州。

③"或云"三句：《太平寰宇记》卷百六十六引作"或云有甲，尝伺病者居舍上，候人气绝"。

④斛：中国旧量器名，亦是容量单位，一斛本为十斗，后来改为五斗。

⑤寻续：连续。

⑥更：《士礼居丛书》刊本作"便"。

⑦鄣：同"障"，阻塞。

⑧"入交界"二句：《四库全书》本作"入交界便无，邻近郡亦有"。

异　产

【原文】

汉武帝时，弱水西国有人乘毛车以渡弱水来献香者①，帝谓是常香，非中国之所乏，不礼其使。留久之，帝幸上林苑，西使千乘舆闻②，并奏其香。帝取之，看大如燕卵，三枚，与枣相似。帝不悦，以付外库③。后长安中大疫，宫中皆疫病。帝不举乐，西使乞见，请烧所贡香一枚，以辟疫气。帝不得已，听之，宫中病者登日并差。长安中百里咸闻香气，芳积九月余日④，香由⑤不歇。帝乃厚礼发遣钱送。

【注释】

①**弱水**：古水名。《尚书·禹贡》："黑水西河惟雍州，弱水既西。"**毛车**：据猜测或为一种可以渡河的车辆。

②**千乘舆闻**：《四库全书》本作"至乘其间"。

③**外库**：宫外的仓库。与内库相对。

④**九月余日**：《十洲记》作"经三月不歇"，据此当作"九十余日"。

⑤**由**：通"犹"。

【原文】

一说汉制献香不满斤①，西使临去，乃发香气②如大豆者，拭著宫门，香气闻长安数十里，经数日③乃歇。

【注释】

①**不满斤**：据《太平御览》《法苑珠林》，当在其后补"不得受"。

②**香气**：《太平御览》作"香器"，《四库全书》本作"香物"。

③**日**：据上条内容，当作"月"。

【原文】

汉武帝时，西海国有献胶五两①者，帝以付外库。余胶半两，西使佩以自随。后从武帝射于甘泉宫，帝弓弦断，从者欲更张弦，西使乃进，乞以所送余香胶续之，座上左右莫不怪。西使乃以口濡胶为以住断弦两头②，相连注弦，遂相着。帝乃使力士各引其一头，终不相离。西使曰："可以射。"终日不断，帝大怪，左右称奇，因名曰续弦胶。

【注释】

①五两：《十洲记》作"四两"。

②**"西使"句**：《四库全书》本作"西使乃以口濡胶为水注断弦两头"。

【原文】

《周书》①曰：西域②献火浣布，昆吾氏③献切玉刀。火浣布污则烧之则洁，刀切玉如腒④。布，汉世有献者，刀则未闻。

【注释】

①**《周书》**：或为《逸周书》。《逸周书》本名《周书》，是先秦史籍，内容主要记载从西周文王到东周景王年间的时事。

②**域**：据《十洲记》，当作"戎"。

③**昆吾氏**：指昆吾山的部族，见《山海经·中山经》。昆吾是颛顼后裔，本名樊，其祖父吴回为南方部落首领。昆吾兄弟共六人，各为一个氏族首领。他的氏族被赐姓为己，以地名氏，叫昆吾氏。其弟季连为楚国先祖。

④**腒**：《四库全书》本作"脂"。

【原文】

魏文帝黄初三年①，武都②西都尉王褒献石胆③二十斤，四年，献三斤。

【注释】

①**黄初三年**：222年。黄初，魏文帝曹丕年号。

②**武都**：武都郡，秦汉时设置，治在今甘肃省陇南市成县以西。其时，郡治内多有氏族、羌族。

唐·阎立本《历代帝王图》（局部）

③**石胆：**或为胆矾。

【原文】

临邛火井①一所，从广五尺，深二三丈。井在县南百里。昔时人以竹木投以取火，诸葛丞相往视之。后火转盛热，盆盖井上，煮盐②得盐。入以家火即灭，讫今不复燃也。酒泉延寿县南山名火泉，火出如炬。

【注释】

①**火井：**即冲出地表的天然气。

②**煮盐：**疑当作"煮水"。

【原文】

徐公曰：西域使王畅说石流黄出足弥山，去高昌八百里，有石流黄数十丈①，从广五六十亩。有取流黄昼视孔中，上状如烟而高数尺②。夜视皆如灯光明，高尺余，畅所亲见之也。言时气不和，皆往保此山③。

【注释】

①**数十丈：**《太平御览》卷九百八十七引作"高数十丈"。

②**"有取"二句：**《太平御览》卷九百八十七引作"有取石流黄孔穴，昼视其孔上，状如青烟，常高数尺"。

③**"言时"二句：**据《太平御览》卷九百八十七引，"言"字前宜补"足弥人"三字，"山"字后面宜补"毒气自灭"四字。

卷

三

异　兽

【原文】

汉武帝时，大苑①之北胡人有献一物，大如狗②，然声能惊人，鸡犬闻之皆走，名曰猛兽。帝见之，怪其细小。及出苑中，欲使虎狼食之。虎见此兽即低头着地，帝为反观，见虎如此，欲谓下头作势，起搏杀之。而此兽见虎甚喜，舐唇摇尾，径往虎头上立，因搦虎面③，虎乃闭目低头，匍匐不敢动，搦鼻下去，下去之后，虎尾下头去，此兽顾之，虎辄闭目。

【注释】

①大苑：《四库全书》本作"大宛"，古西域国名。

②大如狗：宜作"状如狗"。《十洲记》："又献猛兽一头，形如五六十日犬子，大似狸，而色黄。……使者抱之，似犬，羸细秃悴，尤怪其之非也。"

③搦虎面：《十洲记》："兽入苑，径上虎头，溺虎口，去十步已来，顾视虎，虎辄闭目。"

【原文】

后魏武帝伐冒顿①，经白狼山，逢师②子，使人格之，杀伤甚众，王乃自率常从军数百击之，师子哮吼奋起③，左右咸惊。王忽见一物从林中出，如狸，起上王车轭，师子将至，此兽便跳起在师子头上，即伏不敢起。于是遂杀之，得师子一。还，来至洛阳，三千里鸡犬皆伏，无鸣吠。

【注释】

①此条疑与上一条为同一条，故句首有"后"字。魏武帝，即曹操。冒顿（前234—前174），挛鞮氏，匈奴族中雄才大略的军事家、军事统帅。结合本条内容，疑有误，或为"蹋顿"。蹋顿（？—207），东汉末年辽西乌桓（亦称乌丸）首领。东汉建安十二年（207），曹操亲征乌桓。八月，在柳城（今朝阳袁台子）白狼山（今喀左县大阳山）大破乌桓及袁尚的军队，蹋顿在此战中被曹操的先锋张辽斩杀。

②师：通"狮"。

③哮吼奋起：《水经·辽水注》作"吼呼奋越"。

【原文】

九真①有神牛，乃生溪上，黑出时共斗，即海沸，黄或出斗，岸上家牛皆怖，人或遮则霹雳，号日②神牛。

【注释】

①九真：九真郡，公元前111年，汉武帝灭南越国而设，位置在今天的越南北部。

②日：当作"曰"。

【原文】

昔日南贡四象，各有雌雄。其一雄死于九真，乃至南海百有余日，其雌涂土著身，不饮食，空草，长史问其所以①，闻之辄流涕②。

【注释】

① "空草" 二句：据其他版本，宜作 "坐卧草中，问其所以"。

②轺流涕：《士礼居丛书》本作 "轺流涕矣"。

【原文】

越嶲①国有牛，稍割取肉，牛不死，经日肉生如故②。

【注释】

①越嶲：中国古代郡级行政区，汉武帝元鼎六年（前111）开邛都国而置，属于今天的四川、丽江等地。

② "经日" 句：《太平御览》卷一百六十六引作 "经月必复生如故"。

【原文】

大宛国有汗血马，天马种，汉、魏西域时有献者。

【原文】

文马，赤鬣身白，似若黄金，名吉黄之乘①，复蓟②之露犬也。能飞食虎豹。

【注释】

① "文马" 四句：《山海经·海内北经》："有文马，缟身朱鬣，目若黄金，名曰吉量，乘之寿千岁。"

②复蓟：疑为 "渠叟" 之误。《逸周书·王会解》："渠叟以䶂犬，䶂犬者，露犬也，能飞食虎豹。"

【原文】

蜀山南高山上，有物如猕猴，长七尺，能人行，健走，

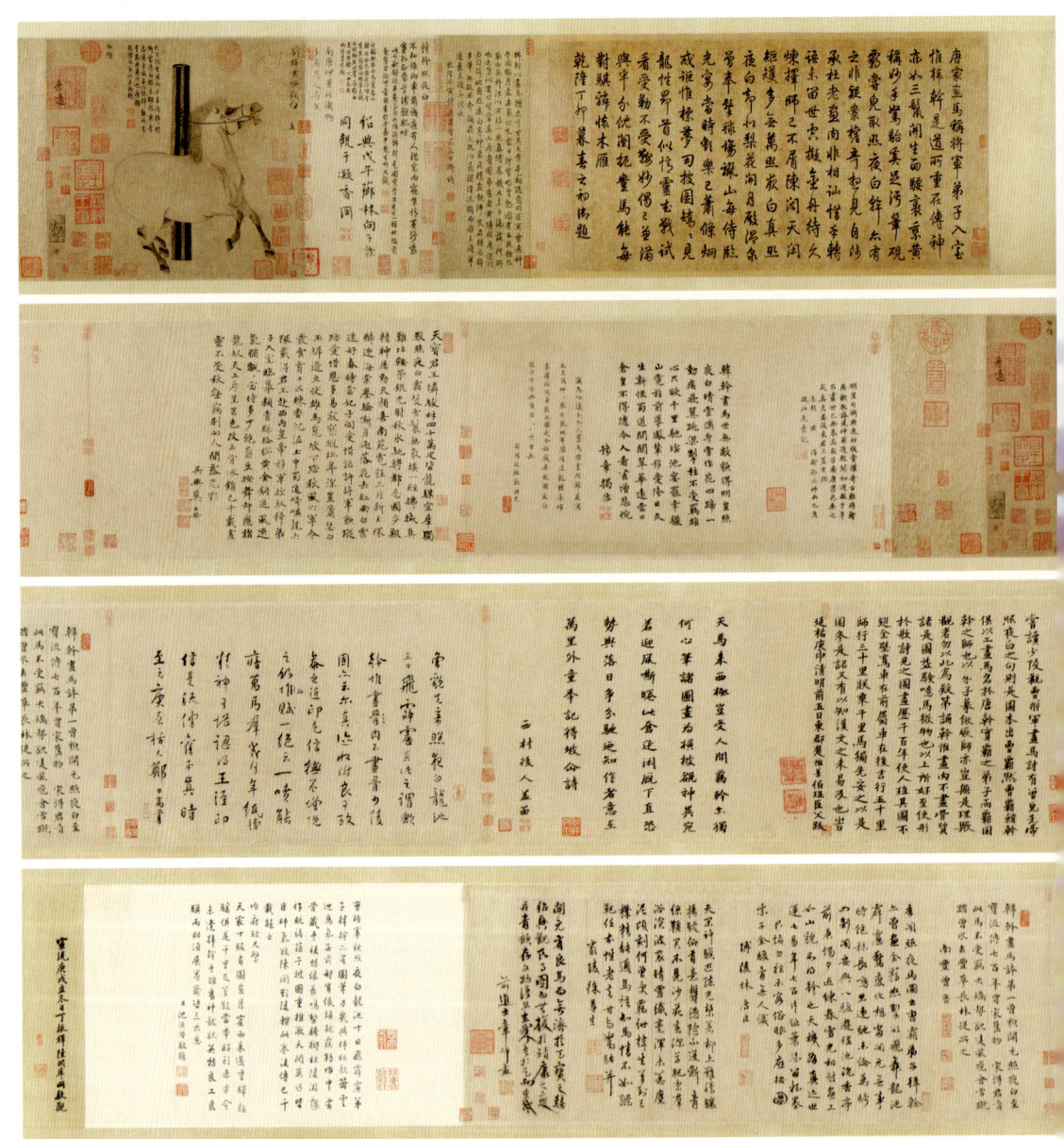

唐·韩幹《照夜白图》卷

　　自张骞通西域以后，大宛与西汉王朝往来频繁。唐玄宗李隆基时，大宛与大唐关系更加密切。天宝三年，唐改大宛为宁远，并将义和公主远嫁宁远国王为妻。宁远国王向玄宗献"胡种马"两匹。玄宗亲自将这两匹马命名为"玉花骢"和"照夜白"

名曰猴玃，一名化，或曰猳玃。同行道妇女有好者，辄盗之
以去，人不得知。行者或每遇其旁，皆以长绳相引，然故不
免。此得男子气，自死，故取男也。取去为室家，其年少者
终身不得还。十年之后，形皆类之，意亦迷惑，不复思归。
有子者辄俱送还其家，产子皆如人，有不食养者，其母辄
死，故无不敢养也。及长与人无异，皆以杨为姓，故今蜀中
西界多谓杨率皆猳玃、化之子孙，时时相有玃爪也①。

【注释】

①本条事见《搜神记》卷十二。其中"蜀山"一句，《搜神记》作
"蜀中西南高山之上"。"一名化"，《搜神记》作"一名马化"。"同
行道"，《搜神记》作"伺行道"。"故取男也"，《搜神记》作"故取
女，男不取也"。"化之子孙"，《搜神记》作"马化之子孙"。

【原文】

小山有兽①，其形如鼓，一足如蟊。泽有委蛇，状如
毂②，长如辕③，见之者霸。

【注释】

①**小山有兽**：《太平御览》引作"山有夔"。《说文》："夔，如
龙，一足。"据此，疑下句"如蟊"当作"如龙"。
②**毂**：指车轮中心的圆木。
③**辕**：指车前驾牲畜的两根直木。

【原文】

猩猩若黄狗，人面能言。

日本·佚名《猩猩》

异 鸟

【原文】

崇丘山①有鸟，一足，一翼，一目，相得而飞，名曰蛮②，见则吉良，乘之寿千岁。

【注释】

①崇丘山：《山海经·西山经》作"崇吾山"。

②"相得"二句：《山海经·西山经》作"相得乃飞，名曰蛮蛮"。

【原文】

比翼鸟①，一青一赤，在参嵎山。

【注释】

①比翼鸟：即上一条所说的蛮蛮鸟。《山海经·海外南经》："比翼鸟在（结匈国）其东，其为鸟青、赤，两鸟比翼。"

【原文】

有鸟如乌，文首，白喙，赤足，曰精卫①。故②精卫常取西山之木石，以填东海。

【注释】

①曰精卫：《太平御览》《太平广记》皆作"名曰精卫"。

②原文"故"字前疑有脱漏。《山海经·北山经》："是炎帝之少女，名曰女娃。女娃游于东海，溺而不返，故为精卫，常衔西山之木石，以堙于东海。"

【原文】

越地深山有鸟如鸠,青色,名曰冶鸟。穿大树作巢如升器^①,其户口径数寸,周饰以土垩,赤白相次,状如射侯^②。伐木见此树^③,即避之去。或夜冥,人不见鸟,鸟亦知人不见己也,鸣曰咄咄去,明日便宜急上树去;咄咄下去,明日便宜急下。若使去但言笑而不已者,可止伐也^④。若有秽恶及犯其止者,则虎通夕来守,人不知者即害人。此鸟白日见其形,鸟也;夜听其鸣,人也。时观乐便作人悲喜^⑤,形长三尺,涧中取石蟹就人火间炙之,不可犯也。越人谓此鸟为越祝^⑥之祖。

【注释】

①如升器:《搜神记》卷十二作"如五六升器"。

②射侯:箭靶。侯,用兽皮或布做成的靶子。

③伐木见此树:《搜神记》卷十二作"伐木者见此树"。

④**"鸣曰"六句**:《搜神记》卷十二:"便鸣唤曰:'咄,咄,上去。'明日便宜急上。'咄,咄,下去。'明日便宜急下。若不使去,但言笑而不已者,人可止伐也。"

⑤**悲喜**:偏义复词,这里取"喜"的意思。

⑥**越祝**:越地的巫祝,即祭祀时司告鬼神的人。

异 虫

【原文】

南方有落头虫,其头能飞。其种人常有所祭祀号曰虫落，故因取之焉①。以其飞因服②便去，以耳为翼，将晓还，复着体，吴时往往得此人也。

【注释】

①故因取之焉：《搜神记》卷十二作"故因取名焉"。

②服：《稗海》本作"晚"。

【原文】

江南山溪中水①射上虫②，甲类也，长一二寸，口中有弩形，气射人影③，随所着处发疮，不治则杀人。今鹦螋④虫溺人影，亦随所着处生疮。

【注释】

①溪中水：《太平御览》卷九百五十引作"水中"。

②射上虫：《四库全书》本作"射工虫"。射工虫，一种传说中的毒虫。

③气射人影：宜作"以气射人影"。

④鹦螋：当作"蠼螋"，俗称长脚蜈蚣。

【原文】

蝮蛇秋月毒盛，无所蜇螫①，啮草木以泄其气，草木即死。人樵采，设为草木所伤刺者亦杀人，毒治②于蝮啮，谓之蛇迹也。

【注释】

①蜇螫：毒蛇咬。

②治：《稗海》本作"甚"。

【原文】

华山有蛇名肥遗，六足四翼，见则天下大旱。

【原文】

常山之蛇名率然，有两头，触其一头，头至；触其中，则两头俱至。孙武以喻善用兵者。

异　鱼

【原文】

南海有鳄鱼，状似鼍，斩其头而干之，去齿而更生，如此者三乃止。

【原文】

东海有半体鱼^①，其形状如牛，剥其皮悬之，潮水至则毛起，潮去则毛伏。

【注释】

①半体鱼：据《艺文类聚》《初学记》《太平御览》等著，均作"牛体鱼"。

【原文】

东海蛟错鱼^①，生子，子惊还入母肠，寻复出。

日本·细井徇《鼌》

【注释】

①**蛟错鱼**：当作"鲛鲯鱼"。《尔雅翼》："鲛一名鲯，谓之鲛鲯鱼。"

【原文】

吴王江行食鲙有余①，弃于中流，化为鱼②。今鱼中有名吴王鲙余者，长数寸，大者如箸，犹有鲙形。

【注释】

①**吴王**：孙权。**鲙**：当作"脍"，指生食鱼片。
②**化为鱼**：《太平御览》引作"化而为异鱼"。

【原文】

广陵陈登①食脍作病，华佗下之，脍头皆成虫，尾犹是脍。

【注释】

①**陈登**：字符龙，下邳淮浦（今江苏涟水西）人。东汉末年将领、官员。建安初奉使赴许，向曹操献灭吕布之策，被授广陵太守。

【原文】

东海有物，状如凝血，从广数尺，方员①，名曰鲊鱼②，无头目处所，内无藏③，众虾附之，随其东西。人煮食之。

【注释】

①**员**：通"圆"。
②**鲊鱼**：海蜇。
③**"无头"二句**：据《北户录》《太平御览》等著，宜作"无头

目，腹内无肠藏，其所处"。

异 草 木

【原文】

太原晋阳以化①生屏风草。

【注释】

①化：《四库全书》本作"北"。

【原文】

海上①有草焉，名蓰。其实食之如大麦，七月稔熟，名曰自然谷，或曰禹余粮。

【注释】

①海上：《齐民要术》《太平御览》等著均作"扶海洲"。

【原文】

尧时有屈佚草①，生于庭，佞人入朝，则屈而指之。一名指佞草。

【注释】

①屈佚草：也作"屈轶"，传说中瑞草名。《论衡·是应》："屈轶，草也。安能知佞？"

【原文】

右詹山①，帝女化为詹草，其叶郁茂，其萼黄，实如豆，服者媚于人。

【注释】

　①"右詹山"句及下句"詹草"疑有误，当作"姑媱山""䔄草"。《山海经·中山经》："又东二百里，曰姑媱之山。帝女死焉，其名曰女尸，化为䔄草，……服之媚于人。"

【原文】

　止些山，多竹，长千仞，凤食其实。去九疑万八千里。

【原文】

　江南诸山郡中，大树断倒者，经春夏生菌，谓之椹。食之有味，而忽毒杀，人云此物往往自有毒者，或云蛇所着之。枫树生者啖之，令人笑不得止，治之，饮土浆即①愈。

【注释】

　①即：《士礼居丛书》刊本作"多"。

卷

四

物　性

【原文】

　　九窍①者胎化②，八窍者卵生，龟鳖皆此类，或③卵生
影伏。

【注释】

　　①窍：窟窿，孔洞。

　　②胎化：宜作"胎生"。《淮南子·墜形训》："龁吞者八窍而卵
生，咀嚼者九窍而胎生。"

　　③或：《士礼居丛书》本作"咸"。

【原文】

　　白鹢①雄雌相视则孕。或曰雄鸣上风，则雌孕。

【注释】

　　①白鹢：古书上说的一种似鹭的水鸟。

【原文】

　　兔舐毫望月而孕，口中吐子，旧有此说，余自所见也①。

【注释】

　　①自：《稗海》本作"目"。所见：《稗海》本作"所未见"。

【原文】

　　大腰①无雄，龟鼍类也。无雄，与蛇通气则孕。细腰无

雌，蜂类也。②取桑蚕则③阜螽子④呪⑤而成子，《诗》云："螟蛉之子，蜾蠃负之"是也。

【注释】

①大腰：粗腰。与下文"细腰"相对。

②据《太平御览》卷九百五十所引，此处宜补"无雌，"句。

③则：《士礼居丛书》刊本作"或"。

④阜螽子：蝗的幼虫。

⑤呪：通"咒"，祷告。

【原文】

蚕三化①，先孕而后交。不交者亦产子，子后为蚕，皆无眉目，易伤，收采亦薄。

【注释】

①三化：指蚕子变蚕，蚕变蚕蛹，蚕蛹变蚕蛾的三次变化。

【原文】

鸟雌雄不可别，翼右掩左，雄；左掩右，雌。二足而翼谓之禽①，四足而毛谓之兽。

【注释】

①禽：本指鸟兽的总称，这里专指鸟类，与下句的"兽"对应。

【原文】

鹊巢门户背①太岁，得②非才智也。

南宋·孙隆《兔图》

【注释】

①背：当作"避"。白居易《禽兽十二章》："燕违戊己鹊避岁。"自注云："鹊巢口常避太岁。"

②得：据《初学记》《太平御览》等著，当作"此"。另此句后宜补"任自然也"。

【原文】

鹳雉长毛①，雨雪，惜其尾，栖高树杪②，不敢下食，往往饿死。时魏景初中天下所说。

【注释】

①毛：《汉魏业书》本作"尾"。

②杪：树枝的细梢。

【原文】

鹳，水鸟也。伏卵时①，卵冷则不沸②，取礜石周绕卵，以时助燥气③。故方术④家以鹳巢中礜石⑤。山鸡有美毛，自爱其色⑥，终日映水，目眩则溺死。

【注释】

①伏卵时：当补"数入水"三字。《禽经》："覆卵则鹳入水。"晋张华注："鹳，水鸟也。伏卵时数入水，冷则不暇。"

②沸：《太平御览》卷九百二十五引作"孕"。

③"取礜石"二句：据《太平御览》《重修政和证类本草》等著，"周"当作"周围"，"时"字应删去，"燥气"当作"暖气"。

④方术：泛指医学、卜筮、星相之术。这里指医术。

⑤据《太平御览》《重修政和证类本草》等著，"礜石"后宜补"为真物"。

鸖

コウヅル

日本·细井徇《鸖》

⑥色：《太平御览》作"毛"。

【原文】

龟三千岁游于莲叶，巢于卷耳之上①。

【注释】

① "龟三千岁"二句，疑有颠倒，当作"龟三千岁巢于莲叶，游于卷耳之上"。《埤雅》卷十五《释草》引旧说云："千岁之龟，巢于莲叶，游于卷耳之上。"

【原文】

屠龟①，解其肌肉，唯肠连其头，而经日不死，犹能啮物。鸟往食之，则为所得。渔者或以张鸟，神蛇②复续③。

【注释】

①龟：《太平御览》作"鼋"。

②神蛇：《汉魏业书》本作"遇神蛇"。

③续：疑为"孕"字之误。前文中有"与蛇通气则孕"句。

【原文】

蛴螬①以背行，快于足用②。

【注释】

①蛴螬：金龟子的幼虫，长寸许，居于土中，以植物根茎等为食，为主要地下害虫。

②快于足用：《太平御览》作"快用于足"。

【原文】

《周官》云："貉不渡汶水，鹳不渡济水①。"鲁国无鹳鹆，来巢，记异也。

【注释】

①**"鹳不渡"句：**《考工记》作："鹳鹆不踰济，貉踰汶则死。"因此当作"鹳鹆不渡济水"。

【原文】

橘渡江①北，化为枳。今之江东②，甚有枳橘。

【注释】

①**江：**当为"淮"字之误。《晏子春秋·杂下之十》："婴闻之：橘生淮南则为橘，生于淮北则为枳，叶徒相似，其实味不同。"

②**江东：**长江至芜湖与南京间因作西南、东北流向，故秦汉以来，泛称长江此河段的南岸地区为"江东"。

【原文】

百足一名马蚿①，中断成两段，各行而去。

【注释】

①**马蚿：**一名马陆，又称千足虫。《本草纲目》："形大如蚯蚓，紫黑色，其足比比至百，而皮极硬，节节有横纹如金线，首尾一般大。"

物　理

【原文】

凡月晕，随①灰画之，随所画而阙②。

【注释】

①**随：**疑为"堕"字之误。

②阙：同"缺"。

【原文】

　　麒麟斗而日蚀，鲸鱼死则彗星出，婴儿号妇①乳出。

【注释】

　　①妇：《稗海》本作"而母"。此句后宜补"蚕弭丝而商弦绝"句。

【原文】

　　《庄子》曰①："地三年种蜀黍②，其后七年多蛇。"

【注释】

　　①据《齐民要术》《太平御览》等著，无"《庄子》曰"三字。
　　②蜀黍：高粱。

【原文】

　　积艾草，三年后烧，津液①下流成铅锡，已试，有验。

【注释】

　　①津液：水滴、液汁。

【原文】

　　煎麻油，水气尽，无烟，不复沸则还冷，可内①手搅之。得水则焰起，散卒而灭②。此亦试之有验。

【注释】

　　①内：通"纳"。
　　②而灭：《稗海》本作"不灭"。

【原文】

庭州①灞水以金银铁器盛之皆漏，唯瓠叶②则不漏。

【注释】

①庭州：中国唐代在今新疆境内所置三州之一。

②瓠叶：当作"葫芦"。

【原文】

龙肉以醯①渍之，则文章②生。

【注释】

①醯：据《艺文类聚》《太平御览》等著，应作"酰"。酰，醋。

②文章：斑斓美丽的花纹。

【原文】

积油满万石①，则自然生火。武帝泰始②中武库火，积油所致。

【注释】

①石：中国古代市制容量单位，十斗为一石。

②泰始：晋武帝司马炎年号（265—274）。

物　类

【原文】

烧铅锡成胡粉①，犹类也。

唐·阎立本《历代帝王图》卷（局部）

【注释】

①**胡粉**：古时用来搽脸的铅粉。

【原文】

烧丹朱①成水银，则不类，物同类异用者②。

【注释】

①**丹朱**：朱砂。

②此句存在突兀，或参照《太平御览》《尔雅翼》等著改为"物有同类而异用者"。

【原文】

魏文帝①所记诸物相似乱②者：武夫③怪石似美玉；蛇床④乱蘼芜；荠苨⑤乱人参；杜衡⑥乱细辛⑦；雄黄似石流黄；鳊鱼相乱，以有大小相异；敌休⑧乱门冬⑨；百部⑩似门冬；房葵⑪似狼毒；钩吻草与荇华⑫相似；拔揳⑬与萆薢⑭相似，一名狗脊。

【注释】

①**魏文帝**：指曹丕。

②**乱**：《稗海》本作"乱真"。

③**武夫**：一作"碔砆"，似玉之石。《文选·司马相如〈子虚赋〉》："碝石碔砆。"李善注引张揖曰："碝石、碔砆，皆石之次玉者……碔砆，赤地白采，葱茏白黑不分。"

④**蛇床**：一年生草本植物，果实可入药。《本草纲目》："蛇虺喜卧于下食其子，故有蛇床、蛇粟诸名。其叶似蘼芜，故曰墙蘼。"蘼芜，香草名。

日本·细井徇《虺》

⑤**荠苨**：药草名。又名地参。根味甜，可入药。

⑥**杜衡**：多年生草本植物，性无毒，可入药。

⑦**细辛**：别名华细辛、盆草细辛，有祛风，散寒，行水，开窍的功效。

⑧**敌休**：草药名。

⑨**门冬**：为百合科植物麦冬或沿阶草的块根，可入药。

⑩**百部**：亦称婆妇草、药虱药，块根可入药，有毒性。外用可驱除蚊虫，内服有止咳的功能，药用价值很高。

⑪**房葵**：即房苑。根部辛、寒、无毒，可入药。

⑫**荶华**：或作"堇华"。《山海经·海外东经》："有熏（或作堇）华草，朝生夕死。"

⑬**拔揳**：一名金刚刺，为百合科植物短梗菝葜的根茎，可入药。

⑭**萆薢**：多年生缠绕藤本，可入药。

药　物

【原文】

乌头、天雄、附子，一物，春秋冬夏，采各异也①。

【注释】

①**采各异也**：《太平御览》卷九百九十引作"采之各异"。

【原文】

远志①，苗曰小草，根曰远志。

【注释】

①**远志**：植物名，根可入药，有安神之效。

【原文】

芎䓖①，苗曰江蓠，根曰芎䓖。

【注释】

①芎䓖：中药名，出自《神农本草经》，为伞形科植物川芎的根茎。

【原文】

菊有二种①，苗花如一，唯味小异，苦者不中②食。

【注释】

①二种：指真菊和野菊。

②中：《太平御览》卷九百九十六作"宜"。

【原文】

野葛食①之杀人。家葛种之三年，不收，后旅生②亦不可食。

【注释】

①葛食：《太平御览》卷九百七十五作"芋食"。

②旅生：野生。

【原文】

《神仙传》①云："松柏脂入地千年化为茯苓，茯苓化为琥珀②。"琥珀一名江珠。今泰山出茯苓而无琥珀，益州③永昌出琥珀而无茯苓。或云烧蜂巢所作。未详此二说。

日本·细井徇《女萝》

【注释】

①《神仙传》：疑有误，据《太平御览》宜作"《仙传》"。《神仙传》为东晋道教学者葛洪所著，其生卒年代与作者冲突。

②"茯苓"句：宜作"茯苓千年化为琥珀"。韦应物《咏琥珀》："曾为老茯苓，本是寒松液。蚊蚋落其中，千年犹可觌。"

③益州：中国古地名，汉武帝十三州（十三刺史部）之一，其最大范围（三国时期）包含今四川（川西部分地区），重庆，云南，贵州，汉中大部分地区及缅甸北部，湖北河南小部分，治所在蜀郡的成都。

【原文】

地黄蓝首断心分根菜种皆生①。女萝②寄生兔丝③，兔丝寄生木上，生根不着地。

【注释】

①"地黄"句：宜作"地黄根节多者寸断之，莳种皆生"。

②女萝：又名松萝，是一种地衣类植物，全体为无数细枝，状如线，长数尺，靠依附他物生长。《诗·小雅·頍弁》："茑与女萝，施于松柏。"

③兔丝：菟丝的别名。植物名，种子可供药用。

【原文】

堇花朝生夕死。

药　论

【原文】

《神农经》①曰：上药养命，谓五石②之练形，六芝③之延年也。中药养性，合欢蠲忿④，萱草忘忧。下药治病，谓大黄⑤除实，当归止痛。夫命之所以延，性之所以利，痛⑥之所以止，当其药应以痛也。违其药，失其应，即怨天尤人，设⑦鬼神矣。

【注释】

①《神农经》：即《神农本草经》，约成书于东汉之前，是对东汉以前药物学的总结，也是我国现存最早的药学著作。

②五石：指丹砂、雄黄、白矾、曾青、慈石五种石料，后被道教用以炼丹。

③六芝：指赤芝、黑芝、青芝、白芝、黄芝、紫芝六种灵芝草。

④"合欢"句：结合上下文，宜在句首补一"谓"字。合欢，植物名，一名马缨花。落叶乔木，羽状复叶，小叶对生，夜间成对相合，故俗称"夜合花"。蠲，除去，免除。

⑤大黄：多种蓼科大黄属的多年生植物的合称，也是中药材的名称。

⑥痛：《四库全书》本作"病"。

⑦设：《四库全书》本作"说"。

【原文】

《神农经》曰：药物有大毒不可入口鼻耳目者，入即杀人，一曰钩吻①，二曰鸱②，三曰阴命③，四曰内童④，五曰鸩⑤，六曰螭蜍⑥。

【注释】

①"一曰"句：此条原文至此句结束。以下正文混入宋代卢氏注文中。《四库全书》本将"入即杀人，一曰钩吻"改作"即杀人凡六物焉"，并补卢氏注各物文字。钩吻，也称断肠草，种子有毒，中医入

药。《本草纲目》："入人畜腹内，即粘肠上，半日则黑烂，又名烂肠草。"卢氏注曰："阴也。黄精不相连，根苗独生者是也。"

②**"二曰"句**：卢氏注曰："状如雌鸡，生山中。"

③**"三曰"句**：卢氏注曰："赤色着木，悬其子山海中。"

④**"四曰"句**：卢氏注曰："状如鹅，亦生海中。"

⑤**"五曰"句**：卢氏注曰："羽如雀，黑头赤喙。"

⑥**"六曰"句**：卢氏注曰："生海中，雄曰蜗，雌曰蠕也。"句中"六曰"，卢注中原作"亦曰"。

【原文】

《神农经》曰：药种有五物①：一曰狼毒②，占斯③解之；二曰巴豆，藿汁④解之；三曰黎卢⑤，汤⑥解之；四曰天雄、乌头，大豆解之；五曰班茅⑦，戎盐⑧解之。毒采⑨害，小儿乳汁解，先食饮二升⑩。

【注释】

①**五物**：《稗海》本作"五毒"。

②**狼毒**：草药名。

③**占斯**：当作"木占斯"。《图经衍义本草》："杏人、蓝汁、白敛、木占斯，主疗狼毒毒。"

④**藿汁**：藿香汁。

⑤**黎卢**：植物名，可入药。

⑥**汤**：当作"葱汤"。《图经衍义本草》："雄黄，煮葱汁，温汤，主疗藜芦毒。"黎、藜古通用。

⑦**班茅**：药物名。有毒性。

⑧**戎盐**：别名胡盐、石盐等。主产青海盐湖中。

⑨**采**：《稗海》本作"菜"。

⑩**"小儿"二句**：《备急千金药方》："右三味（甘草、贝齿、胡

粉）治下筛水服方寸匕，小儿尿，乳汁共服二升亦好。”

食　忌

【原文】

　　人啖豆三年①，则身重行止难。

【注释】

　　①年：《太平御览》卷八百四十一引作“斗”。

【原文】

　　啖榆①则眠，不欲觉。

【注释】

　　①榆：《太平御览》卷九百五十六作“粉榆”。

【原文】

　　啖麦稼，令人力健行①。

【注释】

　　①“令人”句：《太平御览》卷八百三十八引作“令人多力健行”。

【原文】

　　饮真①茶，令人少眠。

【注释】

　　①真：当作“羹”。羹茶，烧煮的茶。

【原文】

　　人常食小豆①，令人肥肌粗燥②。

【注释】

　　①小豆：或为"巴豆"。《淮南子·说林》："鱼食巴菽（巴豆）而死，人食之而肥。"

　　②肥肌粗燥：疑为"肌理粗燥"。

【原文】

　　食燕麦令人骨节断解。

【原文】

　　人食燕肉，不可入水，为蛟龙所吞。

清·郎世宁《瑞谷图》（画心）

【原文】

人食冬葵，为狗所啮，疮不差，或致死。

【原文】

马食谷则足重不能行。

【原文】

雁食粟则翼重不能飞。

药　术

【原文】

胡粉、白石灰等以水和之，涂鬓须不白。涂讫着油，单黑①令温暖，候欲燥未燥间洗之。汤②则不得着，晚则多折，用暖汤洗讫，泽涂之。欲染，当熟③洗，鬓须有腻不着药，临染时，亦当拭须燥温之。

【注释】

①黑：《百子全书》本作"裹"。
②汤：疑为"早"字之误。
③熟：《稗海》本作"热"。

【原文】

陈①葵子微火炒，令爆咤②，散着熟地，遍蹋③之，朝种暮生，远不过经宿耳。

【注释】

①陈：陈年的。

②咤：这里指炸裂声。

③蹋：同"踏"，踩。

【原文】

陈葵子秋种，覆盖①，令经冬不死，春有子也。

【注释】

①盖：《士礼居丛书》刊本作"养"。

【原文】

烧马蹄①羊角②成灰，春夏散着湿地，生罗勒③。

【注释】

①马蹄：指马蹄草，可入药。

②羊角：羊角草，中药名。

③"春夏"二句：《农桑辑要》卷五引作"春散着湿地，罗勒乃生"。罗勒，药草名。

【原文】

蟹漆相合成为①《神仙药服食方》云②。

【注释】

①为：当为"水"字之误。

②《神仙药服食方》云：此为宋代周日用注文，误混入正文中。

戏　术

【原文】

削木①令圆，举以向日，以艾于后成②其影，则得火。

【注释】

①**木**：据《艺文类聚》《太平御览》等著，当作"冰"。

②**成**：其他版本多作"承"。

【原文】

取火法，如用珠取火①，多有说者，此未试。

【注释】

①**用珠取火**：《旧唐书·南蛮西南蛮传·林邑》："四年，其王范头黎遣使献火珠，大如鸡卵，圆白皎洁，光照数尺，状如水精，正午向日，以艾承之，即火燃。"

【原文】

《神农本草》云：鸡卵可作琥珀，其法取伏卵段黄白浑杂者煮①，及尚软，随意刻作物，以苦酒②渍数宿，既坚，内著粉中，佳者乃乱真矣。此世所恒用，作无不成者。

【注释】

①**"其法"句**：《太平御览》卷九百十八引作"其法取茯苓鸡鷇黄白浑杂者"。卵段，当为"鷇"字之误。《淮南子·原道》高诱注："卵不成鸟曰鷇。"

②苦酒：醋。

【原文】

烧白石^①作白灰^②，既讫，积着地，经日都冷，遇雨及水浇即更燃，烟焰起。

【注释】

①白石：石灰石。
②白灰：生石灰。

【原文】

五月五日埋蜻蜓头于西向户下，埋至三日不食则化成青真珠^①。又云埋于正中门。

【注释】

①青真珠：或为"青珠"。《太平广记》卷四百七十三引唐李淳风《感应经》："司马彪《庄子注》言童子埋青蜓之头，不食而舞曰：'此将为珠。'人笑之。"

【原文】

蜥蜴或名蝘蜒。以器养之，以朱砂^①，体尽赤，所食满七斤，治捣万杵，点女人支体，终年^②不灭。唯房室事则灭，故号守宫。《传》云："东方朔语汉武帝，试之有验。"

【注释】

①以朱砂：当为"以食朱砂"。

日本・细井徇《蜥蜴》

日本·细井徇《鳖》

②**终年**：《四库全书》本作"终身"。

【原文】

取鳖挫令如棋子大，捣赤苋①汁和合，厚以茅苞，五六日中作，投地中②，经旬窃窃尽成鳖也。

【注释】

①**赤苋**：即苋菜，可入药。

②**"五六日"二句**：《太平御览》卷九百三十二引作"五六月中，投于池泽中"。

卷
五

方　士

【原文】

魏武帝^①好养性法，亦解方药，招引四方之术士如左元放、华佗之徒无不毕至^②。

【注释】

①**魏武帝**：曹操。

②**"招引"句**：《三国志·魏书·武帝纪》："招引方术之士，庐江左慈、谯郡华佗、甘陵甘始、阳城郄俭无不毕至。"

【原文】

魏王所集方士名：

上党王真^①、陇西封君达^②、甘陵甘始^③、鲁女生^④、谯国^⑤华佗字符化、东郭延年^⑥、唐霅^⑦、冷寿光^⑧、河南卜式^⑨、张貂^⑩、蓟子训^⑪、汝南费长房^⑫、鲜奴辜^⑬、魏国军吏河南赵圣卿^⑭、阳城郄俭^⑮字孟节、卢江左慈字元放。

右十六人，魏文帝、东阿王^⑯、仲长统^⑰所说，皆能断谷不食，分形隐没，出入不由门户。左慈能变形，幻人视听，厌刻^⑱鬼魅，皆此类也。《周礼》所谓怪民，《王制》称挟左道者也。

【注释】

①**上党**：古地名，位于山西省东南部。**王真**：东汉人，年近百岁，

貌若五十岁。能行胎息（像婴儿一样用脐呼吸）、胎食（漱咽舌下津液）等修炼方术。

②**封君达**：名衡，字君达，号青牛道士，陇西狄道（今甘肃省临洮县）人。东汉末年道士，著名医学家。

③**甘陵**：即今河北省清河县。**甘始**：异人名。东汉人，好道术，不饮食，寿高百岁。

④**鲁女生**：古代仙人，大约生活在东汉末年。《神仙传》记载："鲁女生者，长乐人也。服胡麻饵术，绝谷八十余年，甚少壮，一日行三百余里，走逐麋鹿。"

⑤**谯国**：即谯郡，在今安徽亳县。

⑥**东郭延年**：东汉道术家，晓"房中术"。

⑦**唐霅**：疑为"唐虞"。《后汉书·方术列传》："冷寿光、唐虞、鲁女生三人者，皆与华佗同时。"

⑧**冷寿光**：东汉人，能行导引之法，年约一百五六十岁，看似却像三四十岁一般。

⑨**河南**：河南郡，即今洛阳市。**卜式**：河南郡人，西汉时期官员。

⑩**张貌**：东汉人，据传能隐身，出入不经门户。

⑪**蓟子训**：汉代建安年间名士。善于宣扬自己有神技异术，当时京城里许多人对他的道术深信不疑。

⑫**费长房**：汝南（今河南省平舆县射桥镇古城村）人。传说从壶公入山学仙，未成辞归。能医重病，鞭笞百鬼，驱使社公。一日之间，人见其在千里之外者数处，因称其有缩地术。后因失其符，为众鬼所杀。事见《后汉书·方术传》。

⑬**鲜奴辜**：东汉人，出入不走门户，并能变易物体形貌迷惑他人。

⑭**赵圣卿**：当作"麹圣卿"。《后汉书·方术传》有载。

⑮**郄俭**：东汉阳城（今河南方城县）人，善行导引之术，不食五谷，活到三百岁。

⑯**东阿王**：即曹植。

⑰**仲长统**：字公理，山阳郡高平（今山东省邹城市西南部）人。东汉末年哲学家、政论家。

⑱**厌刻**：用迷信的办法制服鬼神。

【原文】

魏时方士，甘陵甘始，庐江有左慈，阳城有郗俭。始能行气导引，慈晓房中之术，善辟谷不食，悉号二百岁人①。凡如此之徒，武帝皆集之于魏，不使游散。甘始孝②而少容，曹子建密问其所行，始言：本师姓韩字世雄，尝与师于南海作金，投数万斤于海。又取鲤鱼一双，鲤③游行沉浮，有若处渊，其无药者已熟而食。言此药去此逾远万里④，已不可行⑤，不能得也。

【注释】

① **"魏时方士"** 八句：曹植《辩道论》："世有方士，吾王悉所招致，甘陵有甘始，庐江有左慈，阳城有郗俭。始能行气导引，慈晓房中之术，俭善辟谷，悉号三百岁。"行气，道家所谓呼吸吐纳之法。导引，古医家的一种养生术，今称之为气功。另结合上下文，宜在"善"前补一"俭"字，代指郗俭。

②**孝**：另有多个版本作"老"。

③**鲤**：疑为"鳃"字之误。

④ **"言此药"句**：宜作"言此药去此逾万里"。

⑤**已不可行**：宜作"己不自行"。己，甘始自称。

【原文】

皇甫隆遇青牛道士姓封名君达，其余①养性法即可放用②。大略云："体欲常少劳无过虚，食去肥浓③，节酸咸，减思虑，损④喜怒，除驰逐，慎房室。施泻⑤，秋冬闭藏。"

别篇⑥，武帝行之有效。

【注释】

①**余**：宋代周日用注作"一本作论"。

②**即可放用**：宜作"则可施用"。《养性延命录》："皇甫隆问青牛道士，其养性法，则可施用。"

③**"体欲"二句**：《养性延命录》引作"体欲常劳，食欲常少，劳勿过极，少勿过虚"。

④**损**：《养性延命录》作"捐"。

⑤**施泻**：《秘海》本作"春夏施泻"。

⑥**别篇**：《士礼居丛书》刊本作"详别篇"。

【原文】

文帝《典论》曰：陈思王曹植《辩道论》云：世有①吾王悉招致之，甘陵有甘始，庐江有左慈，阳城有郄俭。始能行气②，俭善辟谷，悉号三百岁人。自王与太子及余之兄弟咸以为调笑，不全信之。然尝试郄俭辟谷百日，犹③与寝处，行步起居自若也。夫人不食七日则死，而俭乃能如是。左慈修房中之术，可以终命，然非有至情，莫能行也。甘始老而少容，自诸术士咸共归之，王使郄孟节主领诸人。

【注释】

①**世有**：据《辩道论》原文，当作"世有方士"。

②**"始能"句**：《辩道论》原文作"始能行气导引，慈晓房中之术"。

③**犹**：宜作"躬"。躬，亲自。

【原文】

近魏明帝时，河东有焦生者，裸而不衣，处火不燋。入水不冻。杜恕为太守，亲所呼见①，皆有实事。

【注释】

①"杜恕"二句：《高士传》："河东太守杜恕，尝以衣服迎见，而不与语。"

【原文】

颍川陈元方、韩元长，时之通才者。所以并信有仙者，其父时所传闻，河南密县有成公①，其人出行，不知所至，复来还，语其家云："我得仙。"因与家人辞诀而去，其步渐高，良久乃没而不见。至今密县传其仙去。二君以信有仙，盖由此也。

【注释】

①成公：当作"上成公"，可参见《后汉书·方术传·上成公传》。上成，复姓。

【原文】

桓谭《新论》说方士有董仲君，罪系狱①，佯死，臭自陷出②，既而复生。

【注释】

①罪系狱：曹植《辩道论》："董仲君有罪系狱。"
②臭自陷出：据《神仙传》《辩道论》《太平御览》等著，当作"臭烂目陷虫出"。

【原文】

黄帝问天老^①曰："天地所生，岂有食之令人不死者乎？"天老曰："太阳之草，名曰黄精^②，饵而食之，可以长生。太阴之草，名曰钩吻，不可食，入口立死。人信钩吻之杀人，不信黄精之益寿，不亦惑乎？"

【注释】

①天老：传说中黄帝的臣子。

②黄精：药用植物，具有补脾、润肺生津的作用。

服 食

【原文】

左元放荒年^①法：择大豆粗细调匀，必生熟按之^②，令有光，烟气^③彻豆心内。先不食一日，以冷水顿服^④讫。其鱼肉菜果不得复经口，渴即饮水，慎不可暖饮。初小困，十数日后，体力壮健，不复思食。

【注释】

①荒年：据《太平御览》，宜在"荒年"前加一"度"字。

②必生熟按之：《四库全书》本作"必煮熟按之"。按，《士礼居丛书》刊本作"挼"。

③烟气：《四库全书》本作"焰气"。

④服：据《太平御览》，宜在"服"字后加"三升服"。

北宋·杨世昌《崆峒问道图》（画心）

【原文】

鲛法①服三升为剂，亦当随入②先食多少增损之，盛丰欲还者煮葵子及脂苏③，服肉④羹渐渐饮之，须豆下乃可食，豆未尽而以实物肠塞⑤，则杀人矣。此未试，或可以然。

【注释】

①鲛法：《士礼居丛书》刊本作"大鲛法"，其意不解。依上下文，或为"食大豆法"。

②随入：宜作"随人"。

③**"盛丰"句**：据《太平御览》，宜作"岁丰欲还食者煮葵子及脂苏"。

④服肉：《太平御览》作"肥肉"。

⑤**"豆未"句**：据《太平御览》，宜作"豆未下尽而食实物肠塞"。

【原文】

《孔子家语》曰："食水者①乃耐寒而苦浮②，食土者无心不息，食木者多而不治，食石者肥泽而不老，食草者善走而愚，食桑者有绪③而蛾，食肉者勇而悍，食气者神明而寿，食谷者智慧而夭④，不食者不死而神。"《仙传》曰："虽食者，百病妖邪之所钟焉。"

【注释】

①**食水者**：指鱼鳖、鸥鸟、野鸭之类。下各句中，"食土者"指蚯蚓之类，"食木者"指熊罴、犀牛之类，"食石者"未知其指，"食草者"指鹿、羊之类食草动物，"食桑者"指蚕，"食肉者"指虎豹等食肉动物，"食气者"指龟蛇以及方士，"食谷者"指普通人，"不食者"指辟谷修道之人。

②**苦浮**：多个版本皆作"善游"。

③**绪**：《淮南子·队形训》作"丝"。

④**夭**：《大戴记·易本命》作"巧"。

【原文】

西域有蒲萄酒①，积年不败，彼俗云："可十年饮之，醉弥月乃解②。"

【注释】

①**蒲萄酒**：即葡萄酒。

②**"可十年"二句**：《太平御览》作"可至十年；欲饮之，醉弥日乃解"。

【原文】

所食逾少，心开逾益①，所食逾多，心逾塞，年逾损焉。

【注释】

①**心开逾益**：参照下文，宜作"心逾开，年逾益"。

辨方士

【原文】

汉淮南王①谋反被诛，亦云得道轻举②。

【注释】

①**淮南王**：汉高祖刘邦之孙刘安，西汉时期思想家、道家人物、文

学家。他曾招宾客方术之士数千人，编就《淮南子》，是我国思想史上划时代的学术巨著。

②**轻举**：谓飞升，登仙。

【原文】

钩弋夫人被杀于云阳，而言尸解柩空。

【原文】

文《典论》云：议郎李覃学郤俭辟谷食茯苓，饮水中不寒，泄痢殆至殒命；军祭酒①弘农②董芬学甘始鸱视③狼头、呼吸吐纳，为之过差，气闭不通，良久乃苏；寺人严峻就左慈学补导之术，阉竖④真无事于斯，而逐声若此。

【注释】

①**军祭酒**：即军师祭酒，曹操于建安三年（198）初置，为公府的属官。

②**弘农**：中国古代汉朝至北宋期间长期设置的一个县级行政区划，位置在今天河南省灵宝市东北黄河沿岸。

③**鸱视**：如鸱鸟昂首举视，形容眼光凶狠贪戾。

④**阉竖**：指太监。

【原文】

又云：王仲统①云：甘始、左元放、东郭延年行容成②御妇人法，并为丞相所录。间行其术，亦得其验。降就道士刘景受云母九子元方③，年三百岁，莫之所在。武帝恒御此药，亦云有验。刘德治淮南王狱，得《枕中鸿宝秘书》，及子向咸而奇之。信黄白之术④可成，谓神仙之道可致，卒亦无验，乃以罹罪也。

【注释】

①**王仲统**：疑为"仲长统"之误。

②**容成**：中国神话传说中的人物，相传为黄帝大臣，发明历法。

③**元方**：疑有误，当为"元放"，即左慈。

④**黄白之术**：道家所谓炼丹化为金银之术。

【原文】

刘根①不觉饥渴。或谓能忍盈虚，王仲都②当盛夏之月，十炉火炙之不热；当严冬之时，裸之而不寒。恒山君③以为性耐寒暑。恒山以无仙道，好奇者为之，前者已述焉。

【注释】

①**刘根**：东汉人，传说其术能令人见鬼。《后汉书·方术传》有载。

②**王仲都**：西汉道士。

③**恒山君**：疑有误，当为"桓君山"，即桓谭。下句"恒山"亦如此。

【原文】

司马迁云："无尧以天下让许由事。"扬雄亦云："夸大者为之。"扬雄又云"无仙道"，桓谭亦同。

明·仇英《玉洞烧丹图》卷（画心）

卷
六

人名考

【原文】

昔彼高阳，是生伯鲧①，布土，取帝之息壤②，以填洪水。

【注释】

①伯鲧：中国先秦时期的历史人物，黄帝的六世孙、昌意的五世孙、颛顼的玄孙，是夏朝开国君主大禹的父亲、夏启的祖父。曾奉尧命治水，因筑堤堵水，九年未治平，被舜杀死在羽山。

②息壤：传说中可以自动生长的土壤，在荆州古城便有一处息壤的遗迹，位于南门外西侧城墙脚边，系一长约40米、宽约10米的土丘，其上有石柱四根，以示标志。

【原文】

殷①三仁：微子、箕子、比干②。

【注释】

①殷：殷商时期。

②微子、箕子、比干：商纣王的三位重臣。微子为纣王同母兄弟，箕子、比干为纣王叔父。《论语·微子》："微子去之，箕子为之奴，比干谏而死。孔子曰：'殷有三仁焉。'"

【原文】

文王四友①：南宫括、散宜生、闳夭、太颠。仲尼四友②：颜渊、子贡、子路、子张。

【注释】

①文王四友：指周文王的四个亲信大臣。文王死后，四人又都辅佐武王灭商。《诗·大雅·文王序》孔颖达疏引《殷传》云："西伯得四友献宝，免于虎口而克耆。"

②仲尼四友：指孔子的四个学生。

【原文】

曹参字伯敬①。

【注释】

①伯敬：疑有误。曹参字敬伯，西汉开国功臣、名将，汉惠帝时官至丞相，是继萧何后的汉代第二位相国，史称"曹相国"。《史记·曹相国世家》："参代何为汉相国，举事无所变更，一遵萧何约束。"《解嘲》："夫萧规曹随，留侯画策。"

【原文】

蔡伯喈①母，袁公②妹曜卿③姑也。

【注释】

①蔡伯喈：即蔡邕，东汉时期著名文学家、书法家，才女蔡文姬之父。

②袁公：指袁滂，东汉人，位至司徒。

③曜卿：指袁涣，字曜卿，袁滂之子。《三国志·魏书·袁涣传》："袁涣字曜卿，陈郡扶乐人也。父滂，为汉司徒。"注引袁宏《汉纪》云："滂字公熙，纯素寡欲。"

【原文】

古之善射者甘蝇①，蝇之弟子曰飞卫②。

徐悲鸿《孔子讲学图》

【注释】

①甘蝇：古代善射者，传说射箭时，射动物应声而倒。《列子·汤问》："甘蝇，古之善射者，彀弓而兽伏鸟下。"

②飞卫：春秋时期赵国邯郸的著名神射手，被尊称为"不射之射"。《列子·汤问》："飞卫学射于甘蝇，而巧过其师。纪昌者，又学射于飞卫。"

【原文】

平原管辂①善卜筮，解鸟语。

【注释】

①管辂：字公明，平原（今山东德州平原县）人。三国时期曹魏术士，被后世奉为卜卦观相的祖师。

【原文】

蔡邕有书万卷①，汉末年载数车与王粲②。粲亡后，相国掾③魏讽谋反，粲子与焉。既被诛，邕所与粲书，悉入粲族子叶④字长绪，即正宗父，正宗⑤即辅嗣⑥兄也。初粲与族兄凯避地荆州依刘表，表有女。表爱粲才，欲以妻之，嫌其形陋周率⑦，乃谓曰："君才过人而体貌躁，非女婿才。"凯有风貌，乃妻凯，生叶，即女所生。

【注释】

①有书万卷：《三国志·魏书·钟会传》注引作"有书近万卷"。

②王粲：字仲宣。山阳郡高平县（今山东微山两城镇）人。东汉末年文学家，"建安七子"之一。

③掾：原为佐助的意思，后为副官佐或官署属员的通称。《汉

书·萧何传》："为沛主吏掾。"注："正曰掾，副曰属。"

④叶：宋代周日用校云："叶当作业。"王业字长绪，山阳高平（今山东邹城）人，三国时曹魏大臣。下文同。

⑤正宗：即王宏（？—284），字正宗，兖州山阳郡（今山东济宁市金乡县西北）人。王业之子，王弼之兄。

⑥辅嗣：即王弼（226—249），字辅嗣，三国曹魏山阳（今河南焦作）人，经学家、哲学家，魏晋玄学的主要代表人物及创始人之一。

⑦周率：疑作"通率"。通率，旷达坦率。

【原文】

太丘长陈寔①，寔子鸿胪卿②纪，纪子司空群，群子泰，四世于汉、魏二朝有重名，而其德渐小减③，故时人为其语曰："公惭卿，卿惭长。"

【注释】

①陈寔：字仲躬，颍川许县（今河南许昌长葛市古桥乡陈故村）人。东汉时期官员、名士。

②鸿胪卿：官名，掌朝会时赞导礼仪。

③小减：《四库全书》本作"少减"，下句"为其语"作"为之语"。

文籍考

【原文】

圣人制作曰经，贤者著述曰传，郑玄①注《毛诗》②曰笺，不解此意。或云毛公③尝为北海郡守，玄是此郡人，故以为敬。

【注释】

①**郑玄**：字康成，北海高密（今山东省高密市）人，东汉末年儒家学者、经学大师。

②**《毛诗》**：指西汉时，鲁国毛亨和赵国毛苌所辑和注的古文《诗》，也就是现在流行于世的《诗经》。

③**毛公**：指毛亨。

【原文】

何休①注《公羊传》，云"何氏学"。又②不能解者，或答云：休谦词，受学于师，乃宣此义不出于己。此言为允。

【注释】

①**何休**：即何子，中国东汉时期今文经学家，儒学大师。

②**又**：《后汉书·何休传》作"有"。

【原文】

太古书今见存有《神农经》《山海经》，或云禹所作。周《易》，蔡邕云：《礼记·月令》周公作。

【原文】

《谥法》《司马法》①，周公所作。

【注释】

①**《谥法》**：帝王、贵族、大臣、士大夫死后，依其生前事迹所给予的称号，周初始制。**《司马法》**：春秋时期重要的军事著作之一。

【原文】

余友下邳陈德龙谓余言曰：《灵光殿赋》^①，南郡宜城王子山所作。子山尝之泰山，从鲍子真学算，过鲁国而都^②殿赋之。还归本州，溺死湘水，时年二十余也。

【注释】

①**《灵光殿赋》**：即《鲁灵光殿赋》。

②**都**：《士礼居丛书》刊本作"睹"。

地理考

【原文】

周自后稷^①至于文、武，皆都关中，号为宗周。秦为阿房殿，在长安西南二十里。殿东西千步^②，南北三百步，上可以坐万人，庭中受十万人。二世为赵高所杀于宜春宫^③，在杜城南三里，葬于旁。

【注释】

①**后稷**：姬姓，名弃，是黄帝的玄孙，帝喾嫡长子。

②**步**：计量单位，历代不一。周代以八尺为一步，秦代以六尺为一步。

③**宜春宫**：秦离宫名。《三辅黄图·甘泉宫》："宜春宫，木秦之离宫，在长安城东南杜县东，近下杜。"

【原文】

尧^①时德泽盛，蒿大，以为宫柱，名曰蒿宫。

清·袁江《阿房宫图》屏

【注释】

①尧:《稗海》本、《士礼居丛书》刊本等多个版本均作"周"。

【原文】

姜厚①嗣祠在墉城②,长安西南三十里。

【注释】

①姜厚:应为"姜原",后稷之母。《史记·周本纪》:"周后稷名弃,母有邰氏女曰姜原。"

②墉城:疑有误,当作"漦城"。漦古同"邰",古邑名,秦置,在今陕西省武功县南。

【原文】

盗跖①冢在大阳县②西。

【注释】

①盗跖:原名展雄,姬姓,展氏,名跖,传说是春秋时期率领数千盗匪的大盗,为当时鲁国贤臣柳下惠之弟,鲁孝公之子公子展的后裔,因以展为氏。

②大阳县:在今山西省运城市平陆县。

【原文】

赵鞅①冢在临水县②界。

【注释】

①赵鞅:即赵简子(? —前476),春秋时期晋国赵氏的领袖,杰出的政治家、军事家、外交家、改革家。

②临水县:因在湫水河边,故名之。西汉时设置,属西河郡,东汉撤销,古址在今山西临县北15公里处的郝峪村,有古城遗址。

【原文】

　　始皇陵在骊山之北，高数十丈，周回六七里^①。今在阴盘县^②界。北陵虽高大，不足以销六丈冰，背陵障使东西流。又此山运取大石于渭北诸^③，故歌曰："运石甘泉口，渭水为不流。千人唱，万人钩^④，金陵余石大如坯^⑤。"其销^⑥功力皆如此类。

【注释】

　　①**"高数十丈"二句**：《史记·秦始皇本纪·集解》："坟高五十丈，周回五里余。"

　　②**阴盘县**：西汉武帝元鼎三年（前114）置，属安定郡，故治在今陕西长武县西北。

　　③**"北陵"四句**：《关中记》："此陵虽高大，不足以销六十万人积年之功也。其用功力，或隐而不见者。骊山泉本北流者，陂障使东西流。又此无大石，运取于渭北诸山。"

　　④**钩**：《关中记》作"歌"。

　　⑤**"金陵"句**：《关中记》作"今陵下余石大如坯"。

　　⑥**其销**：《稗海》本作"其余"。

【原文】

　　旧洛阳字作水边各，火行也^①，忌水，故去水而加佳。又魏于行次为土，水得土而流，土得水而柔，故复去佳加水，变雒为洛焉。

【注释】

　　①**火行也**：《说郛》本作"汉火行也"。

一九五三年十一月下浣傅抱石南京写

傅抱石《二湘图》

【原文】

洞庭君山，帝之二女居之，曰湘夫人。又《荆州图经》曰："湘君所游，故曰君山。"

【原文】

《南荆赋》：江陵有台甚大而有一柱，众木皆拱①之。

【注释】

①拱：《士礼居丛书》刊本作"共"。

典礼考

【原文】

三让：一曰礼让，二曰固让，三曰终让。

【原文】

汉丞秦，群臣上书皆曰昧死言。王莽盗位慕古，去昧死曰稽首，光武因而不改。

【原文】

肉刑，明王之制，荀卿①每论之。至汉文帝感太仓公女②之言而废之。班固著论宜复。迄汉末魏初，陈纪又论宜申古制，孔融云不可。复欲申之，钟繇、王朗不同，遂寝。夏侯玄、李胜、曹羲、丁谧建私议，各有彼此，多去③时未可复，故遂逳④焉。

【注释】

①**荀卿**：荀子。

②**太仓公女**：指西汉文帝时期太仓令淳于意最小的女儿缇萦。文帝四年，淳于意有罪当处肉刑，系狱长安，萦随父入长安，上书愿为官婢，以赎父罪。文帝恻然感念其孝心，即免除肉刑，赦回淳于意。太仓，官职名，职掌仓廪出纳。

③**去**：《士礼居丛书》刊本作"云"。

④**逳**：《稗海》本作"寝"。

【原文】

上公①备物九锡②：一、大辂③各一，玄牡④二驷。二、衮冕之服，赤舄⑤副之。三、轩悬⑥之乐，六佾⑦之舞。四、朱户以居。五、纳陛以登。六、虎贲之士三百人。七、鈇钺各一。八、彤⑧弓一，彤矢百，旅⑨弓十，旅矢千。九、秬鬯一，卣⑩珪瓒⑪副之。

【注释】

①**上公**：指太傅，为百官之长。

②**九锡**：古代天子优礼大臣，所赐予的车马、衣服、乐器、朱户、纳陛、虎贲、弓矢、鈇钺、秬鬯等九种物品。纳陛，指登殿时特凿的陛级，使登升者不露身，犹贵宾专用通道。鈇钺，指铡刀和大斧两种刑具。秬鬯，古代以黑黍和郁金香草酿造的酒，用于祭祀降神及赏赐有功的诸侯。

③**大辂**：古时天子所乘之车。《三国志·吴志·吴主传》："九锡备物。"裴松之注引《江表传》："是用锡君大辂、戎辂、玄牡二驷。"据此或当在"大辂"后补"戎辂"。

西周早期·单子工父戊卣

④**玄牡**：黑色公马。

⑤**赤舄**：古代天子、诸侯所穿的鞋。赤色，重底。

⑥**轩悬**：诸侯陈列钟磬等乐器，分三面悬挂。

⑦**六佾**：诸侯所用的乐舞，舞者分六列，每列六人。

⑧**彤**：朱红色。

⑨**旅**：黑色。

⑩**卣**：中型盛酒礼器。

⑪**珪瓒**：古代的一种玉制酒器，形状如勺，以圭为柄，用于祭祀。

乐　考

【原文】

　　汉末丧乱无金石之乐，魏武帝至汉中得杜夔①旧法，始后设轩悬钟磬，至于今用之，于夔也。

【注释】

　　①**杜夔**：字公良，河南人，仕曹操、曹丕两朝。其人擅长音律，聪明过人，丝竹八音，无所不能。

服饰考

【原文】

　　汉末丧乱绝无玉佩，始复作之。今之玉佩，受于王粲①。

【注释】

　　①**"汉末"四句**：《三国志·魏书·王粲传》："时旧仪废弛，兴造制度，粲恒典之。"注引挚虞《决疑要注》曰："汉末丧乱，绝无玉

佩。魏侍中王粲识旧佩，始复作之。今之玉佩，受法于粲也。"

【原文】

　　古者男子皆丝衣，有故乃素服。又有冠无帻^①，故虽凶

事，皆着冠也。

【注释】

　　①帻：又称巾帻。古代中国男子包裹鬓发、遮掩发髻的巾帕。始见

于汉代。

西汉·黄纱地印花敷彩丝绵袍

【原文】

汉中兴，士人皆冠葛巾。建安巾①，魏武帝造白帢②，于是遂废，唯二学书生犹著也。

【注释】

①巾：《士礼居丛书》刊本作"中"。

②白帢：当作"白帽"。《舆服杂事》："巾以葛为之，形如帽。本居士野人所服。魏武造帽，其巾乃废。今国子学生服焉，以白纱为之。"

器名考

春秋·越王勾践剑

【原文】

宝剑名：钝钩、湛卢、豪曹、鱼肠、巨阙，五剑皆欧冶子所作①。龙泉、太阿、土市②，三剑皆楚王者。风胡子③因吴④请干将、欧冶子作。干将阳龙文，莫邪阴漫理⑤，此二剑吴王使干将作。莫邪，干将妻也。

【注释】

①"钝钩"二句：《吴越春秋》："越王允常聘欧冶子作名剑五枚，三大二小，一曰纯钩，二曰湛卢，三曰豪曹，或曰盘郢，四曰鱼肠，五曰钜阙。"钝钩，《士礼居丛书》刊本作"纯钩"。

②"龙泉"句："龙泉"原作"龙渊"，"土市"当作"工布"。《越绝书·外传记·宝剑》："（楚王）令风胡子之吴，见欧冶子、干将，使人作铁剑，欧冶子、干将凿茨山，

泄其溪，取铁英，作铁剑三枚：一曰龙渊，二曰泰阿，三曰工布。"

③**风胡子**：春秋时楚国人，相剑家，精于识剑、铸剑。

④**吴**：《越绝书·外传记·宝剑》作"吴王"。

⑤**"干将"二句**：句中的"干将""莫邪"均为宝剑名。龙文，当作"龟文"，龟背的纹理。漫理，不规则的纹理。《吴越春秋》卷二《阖闾内传》："阳曰干将，阴曰莫邪，阳作龟文，阴作漫理。"

【原文】

赤刀，周之宝器也。

物名考

【原文】

古骏马有飞兔、腰褭①。

【注释】

①**腰褭**：古骏马名。

【原文】

周穆王有"八骏①"：赤骥、飞黄、白蚁、华骝、骆耳、騧骝、渠黄、盗骊。

【注释】

①**八骏**：指周穆王的八匹良马，相传周穆王曾驰八骏马往谒西王母。但"八骏"之名，其实不一。《穆天子传》："天子之骏：赤骥、盗骊、白义、踰轮、山子、渠黄、华骝、绿耳。"《拾遗记》则作"绝地、翻羽、奔霄、越影、踰辉、超光、腾雾、挟翼"。

【原文】

唐公有骕骦①。

【注释】

①**骕骦**：本作"肃爽""肃霜"，良马名。《东周列国志》第七十五回："唐侯有名马二匹，名曰'肃霜'。'肃霜'乃雁名，其羽如练之白，高首而长颈，马之形色似之，故以为名。后人复加马傍曰骕骦，乃天下希有之马也。"

【原文】

项羽有骓①。

【注释】

①**骓**：《太平御览》卷八百九十七作"骓马"。

【原文】

周穆王有犬名耗①，毛白。

【注释】

①**耗**：硬而卷曲的毛，这里作犬名。

【原文】

晋灵公有畜狗①名獒。

【注释】

①**畜狗**：当作"周狗"。《公羊传·宣公六年》："灵公有周狗，谓之獒。"何休注："周狗，可以比周之狗，所指如意。"

清·郎世宁《八骏图》卷

【原文】

韩国有黑犬名卢。

【原文】

宋有骏犬曰獢。

【原文】

犬四尺为獒。

【原文】

张骞使西域还，乃得胡桃种。

【原文】

徐州人谓尘土为蓬块①，吴人谓跋跌②。

【注释】

①蓬块：当作"蓬堁"。堁，尘埃。《淮南子·主术训》："譬犹扬堁而弭尘，抱薪以救火也。"

②跋跌：当作"坺块"。《说文》："块，尘埃也。"

卷

七

异　闻

【原文】

昔夏禹观河，见长人鱼身出曰："吾河精。"①岂河伯也？

【注释】

①"昔夏禹"三句：《中侯》曰："禹理洪水，观于河，见白面长人鱼身出曰：'吾河精也。'授禹河图而还于渊。"

【原文】

冯夷，华阴潼乡人也，得仙道①，化为河伯，岂道同哉？仙夷②乘龙虎，水神乘鱼龙，其行恍惚，万里如室。

【注释】

①得仙道：当作"得道成水仙"。《后汉书·张衡传》注引《圣贤冢墓记》曰："冯夷者，弘农华阴潼乡堤首里人，服八石得水仙，为河伯。"

②仙夷：疑有误，当作"仙人"。

【原文】

夏桀之时，为长夜宫于深谷之中，男女杂处，十旬①不出听政。天乃大风扬沙，一夕填此宫谷。又曰石室瑶台，关龙逢谏，桀言曰："吾之有民，如天之有日，日亡我则亡。"以为龙逢妖言而杀之。其后山复于谷下及②在上，耆老相与谏，桀又以为妖言而杀之。

【注释】

①十旬：《艺文类聚》卷九作"三旬"。

②山复于谷下及：《稗海》本作"复于山谷下作宫"，即又在山谷下建筑宫殿。

【原文】

夏桀之时，费昌①之河上，见二日：在东者烂烂②将起；在西者沉沉将灭，若疾雷之声。昌问于冯夷曰："何者为殷？何者为夏？"冯夷曰："西夏东殷。"于是费昌徙，疾③归殷。

【注释】

①费昌：伯益次子若木的玄孙，夏朝部落首领。后归商，统兵伐夏，"败桀于鸣条"。

②烂烂：光亮貌，光芒闪耀貌。

③疾：《士礼居丛书》刊本、《稗海》本均作"族"。

【原文】

武王伐纣至盟津①，渡河，大风波。武王操戈②秉麾③麾

南宋·刘松年《渭水飞熊图》（画心）

之，风波立霁。

【注释】

①盟津：即孟津。古黄河渡口名。在今河南省孟津县东北、孟州市西南。相传周武王伐纣，八百诸侯在此不期而盟会，并由此渡黄河。历代以为会盟兴兵的要地。

②戈：疑作"钺"。《史记·周本纪》："武王右杖黄钺，左秉白旄以麾。"

③麾：当为"旄"字之误。

【原文】

鲁阳公①与韩战酣而日暮，授②戈麾之日③，日反三舍。

【注释】

①鲁阳公：楚之县公，楚平王之孙。《淮南子》卷六："鲁阳公与韩构难，战酣日暮，援戈而扬之，日为之反三舍。"

②授：《士礼居丛书》刊本作"援"。

③这句中的"日"疑与下句"日"重复，应删去。

【原文】

太公为灌坛令①。武王②梦妇人当道夜哭，问之，曰："吾是东海神女，嫁于西海神童③。今灌坛令当道，废我

行。我行必有大风雨，而太公有德，吾不敢以暴风雨过，是毁君德。"武王明日召太公，三日三夜，果有疾风暴雨从太公邑外过。

【注释】

①**太公**：指姜尚。**灌坛**：原指周朝时一个地名，后用以代指有德行的地方官吏。

②**武王**：《太平御览》《太平广记》《搜神记》等著作"文王"。

③**"吾是"二句**：《搜神记》作"吾是泰山之女，嫁为东海妇"。

【原文】

晋文公出，大蛇当道如拱①。文公反修德，使吏守蛇。吏梦天②杀蛇曰："何故当圣君道。"觉而视蛇，则自死也。

【注释】

①**拱**：《新书·春秋篇》作"堤"。

②**天**：《太平广记》卷二百九十一引"天"字后有"使"字。

【原文】

齐景公伐宋，过泰山，梦二人怒。公谓太公之神，晏子谓宋柏汤与伊尹也①。为言其状，汤晳容多发②，伊尹黑而短，即所梦也。景公进军不听，军鼓毁，公怒散军伐宋③。

【注释】

①**宋柏汤与伊尹也**：《晏子春秋·内篇·谏上》："宋之先汤与伊尹。"据此疑"柏"为"祖"之误。

②**汤晳容多发**：《晏子春秋·内篇·谏上》："汤晳而颐以髯。"据此疑"发"为"须"之误。

③**公怒散军伐宋**：《太平广记》卷二百九十一引作："公恐，乃散军不伐宋。"

【原文】

《徐偃王志》①云：徐君②宫人娠而生卵，以为不祥，弃之水滨。独孤母有犬名鹄苍，猎于水滨，得所弃卵，衔以东③归。独孤母以为异，覆暖之，遂蚺④成儿，生时正偃，故以为名。徐君宫中闻之，乃更录取。长而仁智，袭君徐国，后鹄苍临死生角而九尾，实黄龙也。偃王又葬之徐界中，今见狗袭⑤。偃王既其国，仁义著闻，欲舟行上国，乃通沟陈、蔡之间，得朱弓矢，以己得天瑞，遂因名为弓⑥，自称徐偃王。江淮诸侯皆伏从，伏从者三十六国。周王闻，遣使乘驲，一日至楚，使伐之，偃王仁，不忍闻言⑦，其民为楚所败，逃走彭城武原县东山下。百姓随之者以万数，后遂名其山为徐山⑧。山上立石室⑨，有神灵，民人祈祷。今皆见存。

【注释】

①**《徐偃王志》**：据《水经注·济水》，应作"《徐州地理志》"。

②**徐君**：周穆王时徐国国君。

③**东**：《士礼居丛书》刊本作"来"。

④**蚺**：当作"烰"。

⑤**"今见"句**：《徐州地理志》作"今见有狗垄焉"。

佚名《夸父追日》

⑥**弓**：《太平御览》卷三百四十七引作"号"。

⑦**闻言**：《后汉书·东夷传》注引作"斗害"。

⑧**徐山**：在江苏邳县（今徐州市邳州市）西南。

⑨**石室**：古代宗庙中藏神主的石函。

【原文】

海水①西，夸父与日相逐走，渴，饮水河谓②，不足。北饮大泽，未至，渴而死。弃其策杖，化为邓林③。

【注释】

①**海水**：据《山海经·海外北经》，当作"博父"。博父，即博父国。

②**河谓**：据《山海经·海外北经》《列子·汤问》等著，当作"河渭"，即指黄河和渭水。

③**邓林**：树林名。

【原文】

澹台子羽①渡河，赍千金之璧于河，河伯欲之，至阳侯波②起，两鲛挟船，子羽左掺璧，右操剑，击鲛皆死。既渡，三投璧于河伯，河伯跃而归之，子羽毁而去③。

【注释】

①**澹台子羽**：即澹台灭明（前512—？），复姓澹台，名灭明，字子羽，鲁国武城（今属山东临沂市平邑县南武城）人。孔子弟子，教育家。比孔子小三十九岁，孔门七十二贤之一。

②**至阳侯波**：《淮南子·览冥训》："阳侯之波，逆流而击，疾风晦冥，人马不相见。"高诱注云："阳侯，陵阳国侯也。其国近水，堕水而死，其神能为大波，有所伤害，因谓之阳侯之波。"

③**子羽毁而去**：《太平御览》卷九百三十引作"子羽毁璧而去"。

【原文】

荆轲字次非①，渡，鲛夹船，次非不奏②，断其头，而风波静除③。

【注释】

①**次非**：宋代周日用注云："次非，荆将军墓碑作次飞。"疑古"非""飞"通用。

②**不奏**：《太平御览》卷九百三十作"下剑尽"。

③**除**：无义，疑当删去。

【原文】

东阿王勇士有蕃丘䜣①，过神渊，使饮马，马沉，䜣朝服拔剑，二日一夜，杀二蛟一龙而出。雷随击之，七日夜②，眇其左目。

【注释】

①**"东阿王"句**：《韩诗外传》卷十作"东海有勇士菑丘䜣"。

②**"䜣朝服"五句**：《韩诗外传》卷十作"䜣去朝服拔剑而入，三日三夜，二蛟一龙而出，雷神随而击之，十日十夜"。

【原文】

汉滕公①薨，求葬东都门外。公卿送丧，驷马不行，踟②地悲鸣，跑蹄下地得石，有铭曰③："佳城④郁郁，三千年见白日，吁嗟滕公居此室。"遂葬焉。

东汉·荆轲刺秦故事画像砖

【注释】

①**滕公：**夏侯婴（？—前172），即汝阴文侯，又称滕公，泗水郡沛县（今江苏沛县）人。西汉开国功臣之一。

②**踊：**当作"掊"。《汉书·郊祀志》师古注云："掊，手杷土也。"

③**"跑蹄"二句：**据《西京杂记》《太平御览》等著，当作"以足跑地，掘马蹄下地，得石椁，有铭"。

④**佳城：**墓地。

【原文】

卫灵公①葬，得石椁，铭曰："不逢箕子，灵公夺我里②。"

【注释】

①卫灵公（前540—前493），姬姓，名元，春秋时期卫国第二十八代国君。

②**"不逢"二句：**《庄子·则阳》："不冯其子，灵公夺而里之。"大意是说子孙靠不住，被卫灵公夺去阴宅住地。箕子，当为"其子"之误。

【原文】

汉西都时，南宫寝殿内有醇儒①王史②威长死，葬铭曰："明明哲士，知存知亡。崇陇原亹③，非宁非康。不封④不树⑤，作灵乘光。厥铭何依，王史威长。"

【注释】

①**醇儒：**学识精粹纯正的儒者。

②**王史：**复姓，源于姬姓，出自西周时期周共王后裔太史官姬宰，

属于以官职称谓为氏。

　　③夓：美。

　　④封：堆土为坟。

　　⑤树：在坟上植树作为标记，这是古代士以上的葬礼。

【原文】

　　元始元年①，中谒者②沛郡史岑上书，讼王宏夺董贤玺绶之功③。灵帝和光元年④，辽西太守黄翻⑤上言：海边有流尸，露冠绛衣，体貌完全，使翻感梦云：“我伯夷之弟，孤竹君⑥也。海水坏吾棺椁，求见掩藏。”民有褫裸视，皆无疾而卒。

【注释】

　　①元始元年：公元1年。元始，汉平帝年号。

　　②中谒者：汉朝官名，为国君掌传达。

　　③讼：通“颂”。王宏：《后汉书》作“王闳”，王莽侄子。

　　④和光元年：即光和元年（178）。

　　⑤黄翻：《水经注·濡水注》引作“廉翻”。

　　⑥孤竹君：当作“孤竹君之子”。《史记·伯夷列传》：“伯夷、叔齐，孤竹君之二子也。”

【原文】

　　汉末关中大乱，有发前汉时冢者，人犹活①。既出，平复如旧。魏郭后②爱念之，录著宫内，常置左右，问汉时宫中事，说之了了，皆有次序。后崩，哭泣过礼，遂死焉。

南宋·李唐《采薇图》（画心）
此画为李唐晚年人物画佳作，绘商末伯夷、叔齐在首阳山饿死的故事

【注释】

①人犹活：《稗海》本作"宫人犹活"。

②郭后：文德郭皇后（184—235），名不详，字女王，祖籍安平广宗，荆州南郡太守郭永次女，三国曹魏的第一位皇后，魏文帝曹丕之妻。

【原文】

汉末发范友明①冢，奴犹活。友明，霍光女婿②。说光家事废立之际多与《汉书》相似③。此奴常游走于民间，无止住处，今不知所在。或云尚在，余闻之于人，可信而目不可见也。

【注释】

①范友明：《稗海》本作"范明友"。另据《汉书·五行志》，当在"冢"前补一"奴"字。

②婿：通"婿"。

③似：《士礼居丛书》刊本作"应"。

【原文】

大司马曹休所统中郎①谢璋部曲义兵奚侬恩②女年四岁，病没故③，埋葬五日复生。太和三年，诏令休使父母同时送女来视。其年四月三日病死，四日埋葬，至八日同墟入④采桑，闻儿生活⑤。今能饮食如常。

【注释】

①中郎：当作"中郎将"。中郎将，官职名，统领中郎的武官。中郎，即为帝王近侍官。谢璋官居中郎将，而非中郎。

②恩：《士礼居丛书》刊本作"息"。

③没故：死亡。"没"通"殁"。

④入：《太平御览》卷八百八十七引作"人"。墟人即同村的人。

⑤ **"闻儿"句**：《太平御览》引作"闻儿啼声，即语侬妻往发，视，儿生活"。

【原文】

京兆都①张潜客居辽东，还后为驸马都尉、关内侯②，表言故为诸生，太学时，闻故太尉常山张颢为梁相，天新雨后，有鸟如山鹊，飞翔近地，市人掷之，稍下堕，民争取之，即为一员③石。言县府，颢令掓破之，得一金印，文曰"忠孝侯印"。颢表上之，藏于官库。后议郎汝南樊行夷校书东观，表上言尧舜之时，旧有此官，今天降印，宜可复置。

【注释】

①京兆都：京城地区的行政长官。

②驸马都尉：古代官职之一，汉武帝时始置，即掌副车之马。驸，即副。皇帝出行时自己乘坐的车驾为正车，而其他随行的马车均为副车。关内侯：爵位名。秦汉二十等爵位中第十九等，仅低于彻侯（即列侯，亦称通侯）。有其号，但无封国。

③员：通"圆"。

【原文】

孝武建元四年①，天雨粟。孝元景宁元年②，南阳阳郡③雨谷，小者如黍粟而青黑，味苦；大者如大豆赤黄，味如麦。下三日生根叶，状如大豆，初生时也。

【注释】

①建元四年：即公元前137年。建元，汉武帝年号。

②景宁元年：当作"竟宁元年"，即公元前33年。竟宁，汉元帝年号。

③阳郡：《太平御览》卷八百三十七引作"山都"。

【原文】

代城①始筑，立板干②，一旦亡，西南四五十板于泽中自立，结草为外门，因就营筑焉。故其城直周三十七里，为九门，故城处为东城。

【注释】

①代城：代州城墙。代州，在今山西代县一带。

②板干：古代筑城或筑墙的用具。干，夹板两旁支撑的木柱。

卷

八

史　补

【原文】

　　黄帝登仙，其臣左彻者削木象黄帝，帅诸侯以朝之。七年不还①，左彻乃立颛顼。左彻亦仙去也。

【注释】

　　①七年不还：《仙传拾遗》卷一："黄帝升天，彻刻木为黄帝之像，率诸侯而朝之七年，黄帝不还。"

【原文】

　　尧之二女，舜之二妃，曰湘夫人。舜崩，二妃啼，以涕挥竹，竹尽斑。

【原文】

　　处士①东鬼②块责禹乱天下事，禹退作三章③。强者攻，弱者守，敌战④，城郭盖禹始也。

【注释】

　　①处士：古时候称有德才而隐居不愿做官的人，后亦泛指未做过官的士人。

　　②鬼：《汉魏业书》本作"里"。东里块，人名，姓东里，名块。

　　③三章：《艺文类聚》卷六十三作"三城"，疑为"三仞之城"。《淮南子》："夏鲧作三仞之城，诸侯背之。"

　　④敌战：联系前句，疑作"敌者战"。

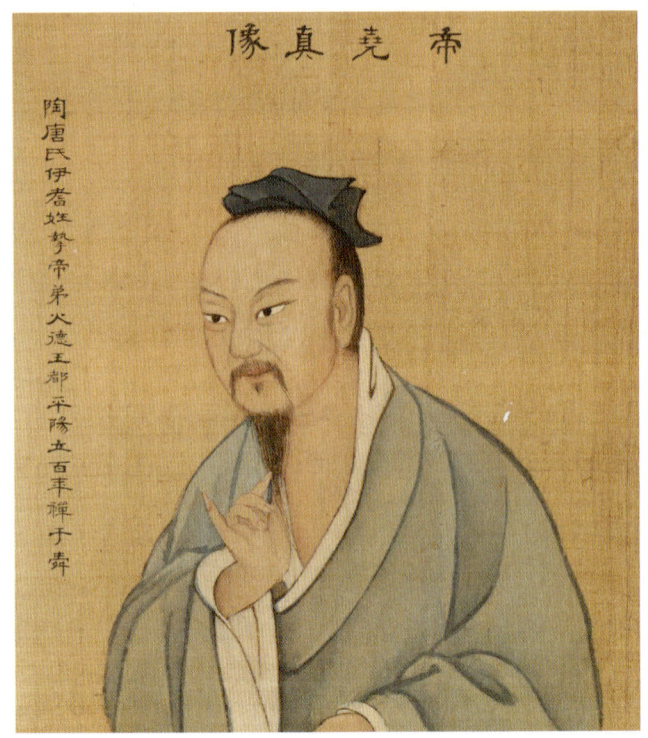

清·佚名（传姚文翰）《帝尧真像》

【原文】

大姒①梦见商之庭产棘，乃小子发取周庭梓树，树之子阙闻②，梓化为松柏棫柞。觉惊以告文王，文王曰：慎勿言。冬日之阳，夏日之馀③，不召而万物自来。天道尚左，日月西移；地道尚右，水潦东流。天不享于殷，自发之夫④生于今十年，禹⑤羊在牧，水潦东流，天下⑥飞鸿⑦满野，日之出地无移照乎。

【注释】

①大姒：即太姒，生卒年不详，有莘国（今陕西合阳县东南）人，姒姓，周文王姬昌的正妃，周武王姬发之母。

②子：《逸周书·程寤解》作"于"。闻：清代黄丕烈校作"间"。

③馀：《稗海》本作"阴"。

④夫：《士礼居丛书》刊本作"未"。

⑤禹：《士礼居丛书》刊本作"商"。

⑥水潦东流，天下：此六字疑因上文而误衍，应删去。

⑦飞鸿：虫名。《逸周书·度邑》："发之未生，至于今六十年，夷羊在牧，飞鸿过野。"

【原文】

武王伐殷，舍于几①，逢大雨焉。衰舆②三百，乘甲③三千，一日一夜，行三百里以战于牧野。

【注释】

①几：《荀子·儒效》作"戚"。戚，卫国邑名。

②衰舆：《士礼居丛书》刊本作"乘舆"。乘舆，旧指皇帝或诸侯所用的车舆。这里泛指战车。

③乘甲：据《淮南子·本经训》"武王甲卒三千，破纣牧野"推测，当作"卒甲"。

【原文】

成王①冠，周公使祝雍曰②："辞达而勿多也。"祝雍曰："近于民，远于侯③，近于义④，啬于时，惠于财，任贤使能，陛下摘显⑤先帝光耀，以奉皇天之嘉禄钦顺，仲壹之言曰：'遵并大道⑥，郊域康阜，万国之休灵，始明元服⑦，推远童稚之幼志，弘积文武之就德，肃懿高祖之清庙，六合之内，靡不蒙德，岁岁⑧与天无极。'"右孝昭用《成王冠辞》。

【注释】

①成王：指周成王。

②"周公"句：《说苑·修文》作"周公使祝雍祝王曰"。周公即姬旦，文王第四子，武王之弟，成王叔父。武王死后，成王年幼，由他摄政当国。祝雍，指一个司掌祭礼的人，名叫雍。古代在名字前冠以职业，是一种习用称谓。

③侯：《士礼居丛书》刊本作"佞"。

④近于义：疑为误衍，当删。

⑤摘显：显扬。

⑥"仲壹"二句：《后汉书·礼仪志》注引作"仲春之吉辰普遵大道"。壹当为"春"之误。言当为"吉"之误。

⑦"郊域"三句：《大戴礼记》作"郊或秉集万福之休灵，始加昭明之元服"。

⑧岁岁：《大戴礼记·公冠》作"永永"。

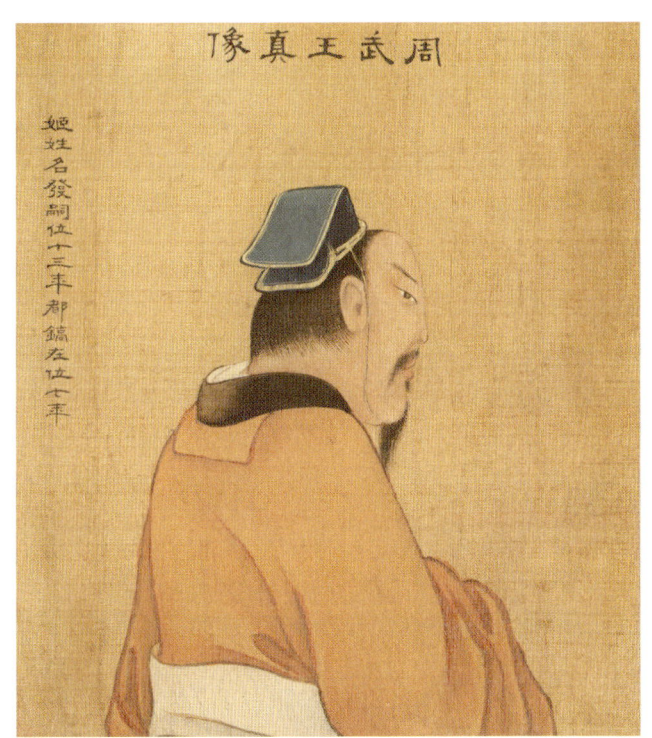

周武王真像

姬姓名發嗣位十三年郡鎬在位七年

清·佚名（传姚文翰）《周武王真像》

【原文】

《止雨祝》曰：天生五谷，以养人民。今天雨不止，用伤五谷，如何如何，灵而不幸，杀牲以赛神灵①，雨则不止，鸣鼓攻之，朱绿②绳萦而胁之。

【注释】

①"灵而不幸"二句：《春秋繁露·止雨》："敬进肥牲清酒以请社灵，幸为止雨。"

②绿：《后汉书·礼仪志》作"丝"。

【原文】

《请雨》①曰：皇皇上天，照临下土，集地之灵，神降甘雨②，庶物群生，咸得其所。

【注释】

①《请雨》：疑作"《请雨祝》"。

②神降甘雨：《大戴礼记·公冠》作"降甘风雨"。

【原文】

《礼记》曰：孔子少孤，不知其父墓。母亡，问于郰①曼父之母，乃合葬于防②。防墓又崩，门人后至。孔子问来何迟，门人实对，孔子不应，如是者三，乃潸③然流涕而止曰："古不修墓。"蒋济、何晏、夏侯玄、王肃皆云无此事，注记者谬，时贤咸从之。

【注释】

①郰：当作"郰"。《礼记·檀弓》："孔子少孤，不知其墓，问

于郰曼父之母。"郰曼父，人名。

②**防**：即防山，位于山东省曲阜市东邻。

③**潧**：《礼记·檀弓》作"泫"。

【原文】

　　孔子东游，见二小儿辩斗。问其故，一小儿曰："我以日始出时，去人近，而日中时远也。"一小儿曰："以日出而远，而日中而近。"一小儿曰："日初出时大如车盖，及日中时如盘盂，此不为远者小而大者近乎？"一小儿曰："日初出沧沧凉凉，及其中而探汤，此不为近者热而远者凉乎？"孔子不能决，谓①两小儿曰："孰谓汝多知乎！"亦出《列子》。

【注释】

　　①**谓**：《列子·汤问》中此句无此字，当删。

【原文】

　　子路与子贡过郑神社，社树①有鸟，社神牵率②子路，子贡说之，乃止。

【注释】

　　①**社树**：古代在社庙中种树，作为社的标志。

　　②**率**：《汉魏业书》本作"挛"。

【原文】

　　《春秋·哀公十四年》：春，西狩获麟。《公羊传》①

曰："有以告者，孔子曰：'孰为^②来哉！孰为来哉！'"

【注释】

①《公羊传》：又称《春秋公羊传》《公羊春秋》，是专门解释《春秋》的一部典籍，其起迄年代与《春秋》一致。

②孰为：为谁。

【原文】

《左传》曰："叔孙氏^①之车^②子钮商^③获麟，以为不祥。"

【注释】

①叔孙氏：春秋战国时，鲁国的卿家贵族。与季孙氏、孟孙氏并称"三桓"，掌握鲁国实权。

②车：车夫。

③子钮商：人名。

【原文】

燕太子丹^①质于秦，秦王遇之无礼，不得意，思欲归。请于秦王，王不听，谬言曰："令乌头白，马生角，乃可。"丹仰而叹，乌即头白；俯而嗟，马生角。秦王不得已而遣之，为机发之桥，欲陷丹。丹驱驰过之，而桥不发。遁^②到关^③，关门不开，丹为鸡鸣，于是众鸡悉鸣，遂归。

【注释】

①燕太子丹（？—前226），姬姓，名丹，燕王喜之子，战国末期燕国太子。

②遁：《燕丹子》卷上作"夜"。

③关：函谷关，中国历史上建置最早的雄关要塞之一，位于今河南省灵宝市北15公里处的王垛村，是当时出入秦必经之地。

【原文】

　　詹何以独茧丝为纶，芒斜①为钩，荆篠②为竿，割③粒为饵，引盈车之鱼于百仞之渊，汩流之中，纶不绝，钩不申④，竿不挠。

【注释】

①斜：《士礼居丛书》刊本作"针"。

②荆篠：细荆条。

③割：《列子·汤问》作"剖"。

④申：《列子·汤问》作"伸"。

【原文】

　　薛谭学讴于秦青①，未穷青之旨②，于一日遂辞归。秦青乃饯于郊衢，抚节③悲歌，声震林木，响遏行云。薛谭乃谢求返，终身不敢言归。秦青顾谓其友曰："昔韩娥④东之齐，遗⑤粮，过雍门，鬻歌假食而去⑥，余响绕梁，三日不绝，左右以其人弗去。过逆旅，凡⑦人辱之，韩娥因曼声哀哭⑧，一里老幼喜欢抃舞⑨，弗能自禁。乃厚赂而遣之。故雍门人至今善歌哭，效娥之遗声也。"

【注释】

①薛谭：古代传说人物。战国时秦国人，善歌，师从当时著名的歌

唱家秦青学习技艺。薛谭非常聪明、好学，嗓音又格外甜美嘹亮，成语"响遏行云"的典故就源于此。**秦青：**古代传说人物，战国时秦国人，善歌，以教歌为业。

②**旨：**《列子·汤问》作"技"。

③**节：**一种古乐器，用竹编成，奏乐时起打拍子的作用。

④**韩娥：**春秋时期韩国的民间女歌手。

⑤**遗：**《列子·汤问》作"匮"。匮，缺乏、不足。

⑥**而去：**《列子·汤问》作"既去而"，且属于下句。

⑦**凡：**《列子·汤问》作"逆旅"。

⑧**"韩娥"句：**《列子·汤问》在此句后有"一里老幼悲悉，垂涕相对，三日不食。遽而追之。娥还，复为曼声长歌"六句。补充后文意完整。

⑨**抃舞：**拍手而舞。

【原文】

赵襄子①率徒十万狩于中山②，藉芳燔林，扇赫③百里。有人从石壁中出，随烟上下，若无所之④经涉者。襄子以为物，徐察之，乃人也。问其奚道而处石，奚道而入火，其人曰："奚物为火？"其人⑤曰："不知也？"魏文侯⑥闻之，问于子夏⑦曰："彼何人哉？"子夏曰："以商所闻于夫子，和者同于物，物无得而伤，阅⑧者游金石之间及蹈于水火皆可也。"文侯曰："吾子奚不为之？"子夏曰："刽心知智⑨，商未能也。虽试语之，而即暇矣。"文侯曰："夫子奚不为之？"子夏曰："夫子能而不为。"文侯不悦⑩。

【注释】

①**赵襄子**：即赵无恤（？—前425），史称赵籍，嬴姓，春秋末叶晋国大夫，赵氏家族首领，战国时期赵国开国君主。

②**中山**：即中山国，春秋时期古国，因城中有山而得名。国土嵌在燕赵之间，曾长期与晋国等中原国家交战，一度被视为中原国家的心腹大患，前296被赵国所灭。

③**扇赫**：谓火焰炽烈旺盛。

④**之**：《列子·黄帝》无此字，当删。

⑤**其人**：《稗海》本作"襄子"。

⑥**魏文侯**：即魏斯（前472—前396），姬姓，一名都，安邑（今山西夏县）人，魏桓子之孙，战国时期魏国开国君主。

⑦**子夏**：即卜子夏（前507—前420），姓卜名商，春秋时晋国人，孔子学生，"孔门十哲"之一，"七十二贤"之一。魏文侯尊其为师。

⑧**阅**：《稗海》本作"阏"，《列子·黄帝》作"阂"。疑两者皆可，均作阻塞、阻隔解。

⑨**刳心知智**：《列子·黄帝》作"刳心去智"。刳，挖空。

⑩**不悦**：《列子·黄帝》作"大悦"。

【原文】

更赢①谓魏王曰："臣能射，为虚发而下鸟。"王曰："然可于此乎②。"曰：③闻④有鸟从东⑤来，赢虚发而下之也。

【注释】

①**更赢**：战国时期魏国大臣，著名的射箭能手。

②**然可于此乎**：《战国策·楚策》："然则射可至此乎。"

③**"曰："句**：此句后疑有漏文，据《战国策·楚策》疑补"'可。'"。

④**闻**：当为"间"字之误。

⑤东：《战国策·楚策》作"东方"。

【原文】

澹台子羽子溺水死，欲葬之①，灭明曰："此命也，与蝼蚁何亲？与鱼鳖何雠②？"遂使葬③。

【注释】

①欲葬之：《事文类聚》卷十七引作"弟子欲收而葬之"。

②雠：仇恨。

③遂使葬：《士礼居丛书》刊本作"遂不使葬"。

【原文】

《列传》①云：聂政刺韩相，白虹为之贯日；要离刺庆忌，彗星袭月；专诸刺吴王僚，鹰击殿上②。

【注释】

①《列传》：即《史记·刺客列传》，依次记载了春秋战国时代曹沫、专诸、豫让、聂政和荆轲等五位著名刺客的事迹。

②"要离"四句：《战国策·魏策》："夫专诸之刺吴王僚也，彗星袭月；……要离之刺庆忌也，仓鹰击于殿上。"

【原文】

齐桓公出，因与管仲故道，自燉煌①西涉流沙往外国。沙石②千余里，中无水，时则有沃③流处，人莫能知，皆乘骆驼，骆驼知水脉，遇④其处辄停不肯行，以足蹋地，人于其蹋处掘之，辄得水。

日本·佚名《骆驼》

【注释】

①燉煌：即敦煌。

②沙石：《士礼居丛书》刊本作"沙沙"。

③沃：《艺文类聚》卷九十四作"伏"。

④遇：《士礼居丛书》刊本作"过"。

【原文】

　　楚熊渠子①夜行，射穷石②以为伏虎，矢为没羽。

【注释】

①楚熊渠子：当作"楚子熊渠"。子，古代爵位。熊渠（？—前877），芈姓，西周时期诸侯国楚国第六任君主。

②穷石：清代黄丕烈校作"寝石"。寝石指卧石，横躺着的石头。

【原文】

　　汉武帝好仙道，祭祀名山大泽以求神仙之道①。时西王母遣使乘白鹿②告帝当来，乃供帐九华殿③以待之。七月七日夜漏七刻，王母乘紫云车而至于殿西，南面东向，头上戴七种④，青气郁郁如云。有三青鸟，如乌大，使⑤侍母旁。时设九微灯。帝东面西向，王母索七桃，大如弹丸，以五枚与帝，母食二枚。帝食桃辄以核着膝前，母曰："取此核将何为？"帝曰："此桃甘美，欲种之。"母笑曰："此桃三千年一生实。"唯帝与母对坐，其从者皆不得进。时东方朔窃从殿南厢朱鸟牖中窥母，母顾之谓帝曰："此窥牖小儿，尝三来盗吾此桃。"帝乃大怪之。由此世人谓方朔神仙也。

明·吴伟《东方朔偷桃图》

【注释】

①**"汉武帝"二句**：《汉武内传》："帝好神仙之道，常祭名山大泽以求神仙。"

②**鹿**：《汉武内传》作"麢"。麢即麟的繁体字。

③**九华殿**：《汉武内传》作"承华殿"。

④**种**：当作"胜"。《山海经·大荒西经》："有人戴胜，虎齿，有豹尾，穴处，名曰西王母。"

⑤**使**：《楚辞·九叹·惜贤》注引作"侠"。侠，古通"夹"。

【原文】

君山有道与吴包山①潜通，上有美酒数斗，得饮者不死。汉武帝斋七日，遣男女数十人至君山，得酒欲饮之，东方朔曰："臣识此酒，请视之。"因一饮致尽。帝欲杀之，朔乃曰："杀朔若死，此为不验。以其有验，杀亦不死。"乃赦之。

【注释】

①**包山**：即今西洞庭山，为太湖中最大岛屿，太湖风景区十三景区之一。

卷
九

杂说上

【原文】

老子云："万民皆付西王母，唯王、圣人、真人、仙人、道人之命上属九天君耳。"

【原文】

黄帝治天下百年而死。民畏其神百年，以其数①百年，故曰黄帝三百年。上古男三十而妻，女二十而嫁②。曾子曰："弟子不学古知之矣，贫者不胜其忧，富者不胜其乐。"

【注释】

①数：《汉魏业书》本作"教"。

②"上古"二句：《大戴礼记·本命篇》："中古男三十而娶，女二十而嫁。"中古，次于上古的时代。这里盖指商周之间。

【原文】

昔西夏①仁而去兵，城廓不修，武士无位，唐②伐之，西夏云③。昔者玄都贤鬼神道，废人事④，其谋臣不用，龟筴⑤是从，忠臣无禄，神巫用国。

【注释】

①西夏：这里是指上古时代的诸侯国，并非党项人建立的西夏政权。

明·文征明《老子像》（画心）

②唐：《路史·国名纪》引《周书》作"尧"。

③云：《汉魏业书》本作"亡"。

④废人事：《逸周书·史记解》作"废人事天"。

⑤龟笑：古代占卜用具。龟，龟甲。笑，蓍草。

【原文】

榆炯①氏之君孤而无使②，曲沃③进伐之以亡。

【注释】

①炯：《士礼居丛书》刊本作"州"。榆州，古代诸侯国名。

②使：《稗海》本作"徒"。

③曲沃：《逸周书·史记解》作"曲集"。曲集，古代诸侯国名。

【原文】

昔有巢氏有臣而贵任之，专国主断，已而夺之。臣怒而生变，有巢以民①。昔者清阳②强力，贵③美女，不治国而亡。

【注释】

①"昔有"五句：《逸周书·史记解》："昔者有巢氏有乱臣而贵，任之以国，假之以权，擅国而主断，君已而夺之，臣怒而生变，有巢以亡。"

②清阳：《逸周书·史记解》作"绩阳"。绩阳，古国名。在今山东省茌平县和菏泽市附近。

③贵：《逸周书·史记解》作"遗"。

【原文】

昔有洛氏①宫室无常，囿②池广大，人民困匮，商伐之，有洛以亡。

【注释】

①**有洛氏**：古国名。

②**囿**：养动物的园子。

【原文】

《神仙传》曰："说^①上据辰尾为宿^②，岁星^③降为东方朔。傅说死后有此宿，东方生无岁星。"

【注释】

①**说**：指下文提到的"傅说"。傅说，傅氏始祖，古虞国（今山西平陆）人，生卒不详，殷商时期著名贤臣，先秦史传为商王武丁（约前1250—前1192年在位）丞相，为"三公"之一。

②**辰、宿**：皆为星宿名。

③**岁星**：即木星。

【原文】

曾子曰："好我者知吾美矣，恶我者知吾恶矣。"

【原文】

思士不妻而感，思女不夫而孕^①。后稷^②生于巨迹^③，伊尹生乎空桑^④。

【注释】

①**"思士"二句**：语出《列子·天瑞》。思士，思恋异性的男子。思女，思恋异性的女子。

②**后稷**：姬姓，名弃，周族始祖。父帝喾，母姜嫄。

③**巨迹：** 古代汉族神话传说中的巨人足迹。

④**空桑：** 上古地名，沿用至东周晚期，主要指今鲁西豫东地区。此地因有大片桑林而得名，又因是商代名相伊尹和圣人孔子的出生地而出名。

【原文】

箕子①居朝鲜，其后伐燕，之朝鲜②，亡入海为鲜国。师两妻墨色③，珥两青蛇，盖勾芒④也。

【注释】

①**箕子：** 商末贵族，商纣王的叔父，曾因劝谏纣王而被囚，周武王灭商后封他统治朝鲜。

②**"其后"二句：** 据《后汉书·东夷传》"昔武王封箕子于朝鲜，……其后四十余世，至朝鲜侯准，自称王。……而燕人卫满击破准而自王朝鲜"，疑作"其后燕伐之，王朝鲜"。

③**师两妻墨色：** 疑作"师雨妾黑色"。《山海经·海外东经》："师雨妾在其北，其为人黑，两手各操一蛇，左耳有青蛇，右耳有赤蛇。"

④**勾芒：** 古老的神话传说中的人物，即伏羲氏长子重。

【原文】

汉兴多瑞应①，至武帝之世特甚，麟凤数见。王莽时，郡国多称瑞应，岁岁相寻，皆由顺时之欲，承旨求媚，多无实应，乃使人猜疑。

【注释】

①**瑞应：** 指因王者至德感动天地而出现珍异，视为吉祥的感应。

【原文】

子胥伐楚，燔①其府库，破其九龙之钟②。

【注释】

①燔：焚烧。

②钟：古代乐器。

【原文】

蓍①一千岁而三百茎，其本以老，故知吉凶。蓍末大于本为上②吉，茎③必沐浴斋洁食④香，每日⑤望浴蓍，必五浴之。浴龟亦然。《明夷》曰："昔夏后茎乘飞龙而登于天。而牧占四华陶，陶曰：'吉。'昔夏后⑥茎徙九鼎，启果徒之。"

【注释】

①蓍：蓍草，多年生草本植物，全草可入药，茎、叶可制香料。古时用其茎占卜。

②上：当作"卜"。

③茎：《稗海》本作"筮"。下条同。

④食：《太平御览》卷七百二十八引作"烧"。

⑤日：当作"月"。

⑥夏后：指夏启。

【原文】

昔舜茎登天为神，牧占①有黄龙神曰："不吉。"武王伐殷而牧占蓍老，蓍老曰："吉。"桀茎伐唐②，而牧占荧惑③曰："不吉。"昔鲧茎注洪水，而牧占大明④，曰："不吉，有初无后。"

【注释】

①牧占：《太平御览》卷八十二引《归藏易》作"枚占"。本条同。

②唐：传说中的远古部落名。

③荧惑：即火星。

④大明：指日月。

【原文】

著末大于本为卜吉①，次蒿，次荆，皆如是。龟著皆月望浴之。

【注释】

①卜吉：《太平御览》卷七百二十七引《归藏本著篇》作"上吉"。

【原文】

水石之怪为龙罔象，木之怪为夔罔两①，土之怪为獖羊②，火之怪为宋无忌③。

【注释】

①"水石之怪"二句：据《史记·孔子世家》，"水石之怪"当作"水之怪"，"木之怪"当作"木石之怪"。

②獖羊：《国语·鲁语》作"羵羊"。羵羊即古代传说谓土中所生的精怪。

③宋无忌：又作宋毋忌，传说中的火仙。

【原文】

斗战死亡之处，其人马血积年化为磷。磷着地及草木如

齐白石《灯鼠图》

露，略^①不可见。行人或有触者，着人体便有光，拂拭便分散无数，愈甚有细咤声如炒豆，唯静住良久乃灭。后其人忽忽如失魂，经日乃差^②。今人梳头脱着衣时，有随梳解结有光者，亦有咤声。

【注释】
①略：全。
②差：通"瘥"，病愈。

【原文】
风山^①之首方高三百里，风穴如电突^②深三十里，春风自此而出也。何以知还风也？假令东风，云反从西来，诜诜^③而疾，此不旋踵，立西风矣。所以然者，诸风皆从上下^④，或薄于云，云行疾，下虽有微风，不能胜上，上风来则反矣。

【注释】
①风山：传说中的山名。
②电突：产生闪电的洞穴。突，洞穴。
③诜诜：众多的样子。
④从上下：《稗海》本作"从上而下"。

【原文】
《春秋》书鼷鼠^①食郊牛^②，牛死。鼠之类最小者，食物当时不觉痛。世传云：亦食人项肥厚皮处，亦不觉。或名甘鼠③。俗人讳此所啮，衰病之征。

【注释】

①鼹鼠：一种小型老鼠，身体小，吻部尖而长，耳朵较大，尾巴细长，全身灰黑色或灰褐色。是传播鼠疫的媒介。

②郊牛：古人在郊外祭祀天地时所用作祭品的牛。

③甘鼠：宜作"耳鼠"。《山海经·北山经》："有兽焉，其状如鼠，而菟首麋耳，其音如獆犬，以其尾飞，名曰耳鼠。"

【原文】

鼠食巴豆三年，重三十斤。

卷
十

杂说下

【原文】

妇人妊娠未满三月，着婿衣冠，平旦左绕进三匝，映详影而去，勿反顾，勿令人知见，必生男①。

【注释】

①"映详影"四句：《异苑》卷八作"映井水详观影而去，勿反顾，勿令婿见，必生男"。

【原文】

妇人妊娠，不欲令见丑恶物、异类鸟兽。食当避其异常味，不欲令见熊罴虎豹。御及鸟射射雉①，食牛心②、白犬肉、鲤鱼头。席不正不坐，割不正不食，听诵诗书讽咏之音，不听淫声，不视邪色③。以此产子，必贤明端正寿考。所谓父母胎教之法。故古者妇人妊娠，必慎所感，感于善则善，恶则恶矣。妊娠者不可啖兔肉。又不可见兔，令儿唇缺。又不可啖生姜，令儿多④指。

【注释】

①御及鸟射射雉：疑有误，当作"及狂鸟秩秩雉"，且应与前句并为一句。狂鸟、秩秩，皆作鸟名。

②食牛心：据文意，当作"不食牛心"。

③邪色：混杂不正之色。古代以青赤黄白黑五种纯色为正色，两色

連生貴子圖
金門畫史冷枚

清·冷枚《连生贵子图》

相杂为不正之色。

④**多**：《太平御览》卷九百七十七引作"盈"。

【原文】

《异说》云：瞽叟①夫妇凶顽而生舜。叔梁纥②，淫夫也，征在③失行也，加又野合而生仲尼焉。其在有胎教也？

【注释】

①**瞽叟**：中国上古人物，汉族，虞姓，因双目失明故称"瞽叟"，舜的父亲。

②**叔梁纥**：孔子之父，名纥，字叔梁，无姓氏，生于春秋时期宋国栗邑（今河南省商丘市夏邑县城北六公里王公楼村）。

③**征在**：即颜征在（前568—前537），孔子的母亲。

【原文】

豫章郡①衣冠人有数妇，暴面于道②，寻道争分铢以给其夫舆马衣资，及举孝廉，更取富者，一切皆给先者③，虽有数年之勤，妇子满堂室，犹放黜④以避后人。

【注释】

①**豫章郡**：郡名，楚汉之际置。治南昌县（在今江西省南昌市市区）。

②**衣冠人有数妇，暴面于道**：《隋书·地理志》："豫章之俗，……衣冠之人，多有数妇，暴面市廛。"

③**先者**：指前妻。

④**黜**：《隋书·地理志》作"逐"。

【原文】

　　诸远方山郡幽僻处出蜜䖇①，人往往以桶聚蜂，每年一取。

【注释】

　　①䖇：《太平御览》卷九百五十作"蜡"。

【原文】

　　远方诸山蜜䖇处①，以木为器，中开小孔，以蜜䖇涂器，内外令遍。春月蜂将生育时，捕取三两头着器中，蜂飞去②，寻将伴来，经日渐益③，遂持器归。

【注释】

　　①"远方"句：《太平御览》卷九百五十引作"远方诸山出蜜䖇处，其处人家有养蜂者其法"。
　　②蜂飞去：《太平御览》卷九百五十作"数宿蜂飞去"。
　　③益：通"溢"，满。

【原文】

　　人藉①带眠者，则梦蛇。

【注释】

　　①藉：坐卧其上。

【原文】

　　鸟衔人之发，梦飞①。

【注释】

① **"鸟衔"二句**：《列子·周穆王》："飞鸟衔发则梦飞。"

【原文】

王尔、张衡、马均昔冒重雾行①，一人无恙，一人病，一人死。问其故，无恙人曰："我饮酒，病者食②，死者空腹。"

【注释】

① **"王尔"句**：《艺文类聚》卷二引作"王肃"，"昔"字后有"俱"字。

②**病者食**：宋窦革《酒谱》引作"食粥者病"。

【原文】

人以冷水自渍至膝，可顿啖，数十枚瓜。渍至腰，啖转多。至颈可啖百余枚。所渍水皆作瓜气味①，此事未试。人中酒不解②，治之，以汤自渍即愈，汤亦作酒气味也。

【注释】

①**瓜气味**：《艺文类聚》卷八十七引作"瓜气瓜味"。

② **"人中酒"句**：《太平御览》卷四百九十七引作"人中酒醉不解"。中酒，饮酒半酣时。

【原文】

昔刘玄石于中山①酒家酤酒，酒家与千日酒，忘言其节度。归至家当醉②，而家人不知，以为死也，权葬之。酒家计千日满，乃忆玄石前来酤酒，醉向醒耳。往视之，云玄石亡来三年，已葬。于是开棺，醉始醒，俗云："玄石饮酒，一醉千日。"

【注释】
①中山：指中山郡，中国古代郡、国名。西汉置中山国，屡改为郡。因其为战国时中山国之地，故名中山。隋初废。
②当醉：《太平御览》卷八百四十五作"大醉"。

【原文】
旧说云天河与海通。近世有人居海渚①者，年年八月有浮槎②去来，不失期，人有奇志，立飞阁于查③上，多赍粮，乘槎而去。十余日中犹观星月日辰，自后茫茫忽忽④亦不觉昼夜。去十余日，奄至一处，有城郭状，屋舍甚严。遥望宫中多织妇，见一丈夫牵牛渚次饮之。牵牛人乃惊问曰："何由至此？"此人具说来意，并问此是何处，答曰："君还至蜀郡访严君平⑤则知之。"竟不上岸，因还如期。后至蜀，问君平，曰："某年月日有客星犯牵牛宿。"计年月，正是此人到天河时也。

【注释】
①海渚：海岛。
②浮槎：指古代传说中来往于海上和天河之间的木筏。
③查：《艺文类聚》卷八引作"楂"，可作木筏解。
④茫茫忽忽：恍惚的样子。

⑤**严君平**：又称庄君平（前86—10），名遵，字君平（《汉书》中因避汉明帝刘庄讳而改写为严君平），蜀郡成都市人，西汉晚期道家学者、思想家。

【原文】

　　人有山行堕深涧者，无出路，饥饿欲死。左右见龟蛇甚多，朝暮引颈向东方，人因伏地学之，遂不饥，体殊轻便，能登岩岸。经数年后，竦身①举臂，遂超出涧上，即得还家。颜色悦怿②，颇更黠③慧胜故。还食谷，啖滋味，百余日中复本质。

【注释】

　　①**竦身**：指耸身，纵身向上跳。
　　②**怿**：欢喜。
　　③**黠**：聪明。

【原文】

　　天门郡①有幽山峻谷，而其上人有从下经过者，忽然踊出林表，状如飞仙，遂绝迹。年中如此甚数，遂名此处为仙谷。有乐道好事者，入此谷中洗沐，以求飞仙，往往得去。有长意思人②，疑必以妖怪，乃以大石自坠，牵一犬入谷中，犬复飞去。其人还告乡里，募数十人执杖撹③山草伐木至山顶观之，遥见一物长数十丈，其高隐人，耳如簸箕。格射刺杀之。所吞人骨积此④左右有成封⑤。蟒⑥开口广丈余，前后失人，皆此蟒气所噏⑦上。于是此地遂安稳无患。

【注释】

①**天门郡**：行政区划名，三国时吴国始设。郡治设在今张家界市政府所在地，属荆州。

②**有长意思人**：《太平广记》卷四百五十六引作"有智能者"。

③**撅**：斩断。

④**积此**：《太平广记》卷四百五十六引作"积在"。

⑤**有成封**：《太平广记》卷四百五十六引作"如阜"，"封"和"阜"都是"堆"的意思。

⑥**蟒**：《稗海》本作"有蟒"。

⑦**噏**：同"吸"。